Bianca Schlosser

Warten auf Lohengrin

Ein Leben zwischen 1914 und 1950

Schwer ist es, die rechte Mitte zu treffen:
Das Herz zu härten für das Leben,
es weich zu halten für das Lieben.

Jeremias Gotthelf

Für Oma

Das Dorf

1914

Von der Kirche gegenüber klingt Glockengeläut. Um diese Tageszeit, am späten Vormittag, kann es nur einem Brautpaar oder einem Trauerzug gelten.

Im August wird auf dem Dorf nicht geheiratet, da werden alle für die Feldarbeit gebraucht. Eine Hochzeit wird's deshalb nicht sein.

Oben vom Wohnzimmerfenster fällt mein Blick direkt auf das Kirchentor und die Straße davor. Unten im Erdgeschoss ist mein Vater in seiner Wagnerei damit beschäftigt, einen Reifen zu beschlagen. Der helle Ton seines Hammers begleitet den vollen, tiefen Klang der Glocken beinahe im selben Takt.

Es ist die alte Bertl, die beerdigt wird, fällt mir wieder ein. Die Leichenansagerin hat's gestern verkündet.

Nun hat sie ihre Ruhe.

„Die ist nicht mehr ganz recht im Kopf" oder „Die spinnt" haben die Leute über sie geredet. Die Kinder haben sie deswegen gehänselt und über sie gelacht, weil sie dann ganz böse wurde.

Es ist ein kleiner Trauerzug. Auf einem Wagen wird der Sarg von ein paar Männern mit schwarzen Fräcken und Zylinder-Hüten gezogen. Mutter geht auch hinter dem Sarg her, sie hat ein paar Bauernnelken aus unserem Gärtle in der Hand. So ist das eben in einem schwäbischen Dorf, wie Ötlingen. Da nimmt man Anteil, sei es an einer Hochzeit oder an einer Leich.

Es ist so heiß. Mein Rücken schmerzt.

Wegen einer angeborenen Rückenverkrümmung muss ich immer ein Korsett tragen, das meine Wirbelsäule stützt. Bei diesem Wetter ist das besonders lästig. Wie man mir erzählte, hat unser Kaiser Wilhelm dasselbe Leiden, was mich allerdings nicht trösten kann. Ist ja gut gemeint von den Leuten, mich mit dem Kaiser zu vergleichen, aber der hat bestimmt viele Ärzte, wofür meine Eltern kein Geld haben.

Ich sei sehr hübsch und würde trotzdem einen guten Mann bekommen, höre ich immer wieder. Außerdem habe ich gerade die Nähschule abgeschlossen und einen Haushalt könnte ich ihm ebenfalls führen. Das heiratsfähige Alter habe ich schon beinahe erreicht, schließlich bin ich am 3. Mai sechzehn geworden.

Nähschule Ötlingen Elsa 2. von rechts

7

So ein Ritter wie er in meinem Liederbuch abgebildet ist könnte mir gefallen. Er heißt Lohengrin und kommt auf einem weißen Schwan übers Meer gefahren, um seine Elsa zu beschützen. Er stellt ihr jedoch die Bedingung:

„Nie sollst du mich befragen,
noch Wissens Sorge trage
woher ich kam der Fahrt,
noch wie mein Nam' und Art!"

Wenn mich so ein edler Ritter beschützen wollte, wäre mir egal woher er kommt, ich würde ihn nicht vertreiben.

Das Lied kann ich auswendig, weil die Königstochter darin auch Elsa heißt, wie ich. Während ich es vor mich hinsumme, reißt mich Erna, ein Mädchen aus der Nachbarschaft aus meinen Träumen.

„Grüß Gott Els, was stierst du denn für Löcher in die Luft? Kommst du mit an den Bach zum Baden?".

„Au ja, das ist ein guter Einfall bei der Hitze, ich komme gleich!", rufe ich zu ihr hinunter, wo sie am Gartenzaun steht und nach oben blickt.

Zusammen schlendern wir über die ausgetrocknete und staubige Dorfstraße, vorbei am Rathaus und Schulhaus, an Bauernhöfen und dem Wirtshaus „Zur Krone" über die Brücke zu den Wiesen, die auf der anderen Seite des Baches liegen. Dort gehen wir noch ein kurzes Stück flussaufwärts. Etwas weiter unten steht die Korsettfabrik von Herrn Süß, wo ich mein Korsett angepasst bekomme und noch etwas weiter abwärts die Handschuhfabrik. Dort darf man nicht baden, weil manchmal giftiges Abwasser von der Gerberei einfließt.

An der Stelle des Baches, die wir uns ausgesucht haben, bilden auf dem Grund versetzte Gesteinsplatten mehrere Stufen. Wir bleiben auf dem obersten Absatz, im „Damenbad". Es heißt so, weil Männer sich nur eine Stufe tiefer, etwas abseits und getrennt von den Frauen aufhalten dürfen.

Lachend und vor Vergnügen quietschend setzen wir uns mit den blauen Leinen-Kitteln, die wir im Sommer immer tragen in das recht kühle und klare Wasser und lassen uns von dem kleinen Wasserfall umspülen, der sich an der Gesteinsplatte hinter uns bildet.

Wir sind ganz alleine, auch sind an diesem Nachmittag keine jungen Männer da. Die einen arbeiten auf dem Feld und manche sind schon dem Aufruf des Kaisers gefolgt und zur Armee gegangen.

Letzte Woche wurde zur Mobilmachung aufgerufen.

Es ist Krieg, aber er ist weit weg.

In Ötlingen geht alles seinen gewohnten Gang. Die Tage sind mit Arbeit angefüllt und ich habe keine Zeit, mir Gedanken zu machen, was in der Welt geschieht.

Früh am Morgen stehe ich an der Zentrifuge, die ich auch bedienen kann und mache Butter aus der Milch unserer fünf Kühe, die im Stall neben der Wagnerei stehen. Es sind gute Milchkühe, die viel Milch geben.

Die Linda ist von allen die Beste. Ich denke immer wieder gerne daran, wie sie im letzten Jahr prämiert wurde und später, im Oktober beim Erntedankfest, als sie reich mit bunten Bändern und

Blumen geschmückt den Umzug anführen durfte. Da war ich mächtig stolz.

Zu den Hühnern muss ich täglich, um Futter auszustreuen und die Eier einzusammeln. Auf der anderen Straßenseite, etwas abseits der Kirche steht unser Hühnerstall auf einem kleinen umzäunten Grundstück, wo die Hühner ihren Auslauf haben. Dorthin trage ich eine Schüssel aus Emaille mit Getreide-Körnern.

Bald ist schon Mittag. Ich sollte jetzt in den Keller gehen und kühlen Most aus dem Fass in die Kanne füllen, der in den Korb zum Brot kommt. Es ist höchst Zeit, dass ich mich auf den Weg mache und den Korb aufs Feld bringe, damit sich die Eltern und ihre Helfer in der kurzen Pause etwas stärken können.

Ich bin ja schon froh, wenn ich das Vesper bringen darf und nicht zur Heuernte eingesetzt werde. Lieber mache ich feinere Arbeiten, wie nähen oder Blumen pflanzen, oder natürlich singen im Kirchenchor. Musik ist überhaupt das Schönste, was es auf der Welt gibt!

Kirchenchor Ötlingen 1914, vorn, 2. von links Elsa

Wenn ich daran denke, dass ich meinen Eltern, als ihr einziges Kind keine große Hilfe sein kann überkommen mich schon manchmal Gewissensbisse. Weil ich außer meinem krummen Rücken auch noch einen Herzfehler habe, werde ich schnell kurzatmig. Nur will das keiner wirklich zur Kenntnis nehmen. So gut es geht, muss ich bei der Feldarbeit halt auch oft mitarbeiten. Wenigstens hilft uns Lies, die Schnitterin jeden Sommer bei der Heuernte.

Am Abend zieht der Ochse vom Riedlinger Bauer den hoch beladenen Wagen zu unserem Heubarn hinterm Kuhstall. Ganz oben sitzen die Mutter und die Lies zwischen den Heugabeln, deren Stiele in die Luft ragen. Vater geht neben dem Ochsen und treibt ihn mit einem Ast an.

Mit den Gabeln laden sie anschließend das Heu ab und schichten es locker auf, damit es als Winter-Futter für die Kühe trocken bleibt.

Mutter begleitet mich heute zu den Hühnern. Eines von ihnen soll geschlachtet werden.

Für mich ist das immer ein besonderes Ereignis, denn jedes Mal, wenn Mutter ein Huhn schlachtet gehen wir anschließend zusammen in die nahegelegene Kleinstadt Kirchheim, um es zu verkaufen. Genauso wie Eier und Butter, und nur einen kleinen Teil behalten wir zu unserem eigenen Verbrauch.

Sie packt eine der Hennen, die sie sich vorher ausgesucht hat an den Füßen, schleudert sie kurz im Kreis, damit sie für einen Moment vergisst zu flattern und hackt ihr blitzschnell auf dem Holzklotz mit einem Beil den Kopf ab. Ein paar Schritte schafft sie noch, bis sie ihr Leben endgültig ausgehaucht hat.

Weil wir nur in die „besseren" Häuser gehen, um unsere Sachen zu verkaufen, zieht Mutter ihr gutes Kleid an, das mit dem Spitzeneinsatz, der den Hals eng umschließt. Darin wirkt sie richtig nobel.

Die Stadt ist gut zu Fuß erreichbar und sie ist auch nicht groß, doch gibt es dort viele interessante Dinge zu sehen. Darauf freue ich mich besonders. Aber vorher liefern wir Huhn, Butter und Eier in der Küche der Villa vom Gieserei-Fabrikanten ab. Das Geld, das Mutter dafür bekommt, steckt sie sofort in einen ledernen Beutel und den tief in die Tasche ihres Kleides.

Bevor wir uns wieder auf den Heimweg machen, darf ich noch einen Blick in das Schaufenster des Kolonialwaren-Ladens werfen. Was es da alles gibt! Kakao und Gewürze aus den deutschen Kolonien und sogar Schokolade von „Sarotti". So viele fremde Dinge, dass ich aus dem Staunen nicht mehr herauskomme.

„Für solch einen Firlefanz verschwenden wir kein Geld!" nimmt mir Mutter sofort jegliche Hoffnung. „Uns reicht das, was auf unserem Boden wächst, außerdem ist jetzt wichtiger, dass deine

Aussteuer fertig wird. Komm, wir gehen lieber zur Weißnäherin und kaufen Spitze zum Ausputzen der Bezüge für deine Kopfkissen."Ist mir auch recht. Im Geschäft der Weißnäherin finden wir zwischen Stoffen, Bändern und Spitzen auch das Passende. Andererseits würde ich auch gerne ins Kaufhaus „Bernstein" gehen zum Einkaufen, wo es Hüte und schon fertig genähte Kleider gibt. Es heißt ja, jeder darf hinein und sich einfach nur umsehen, ohne etwas zu kaufen, aber auch dafür meint Mutter, seien wir nicht fein genug. Also bleibt mir auch dort nur der Blick in die großen Fenster zu den Auslagen.

Zum Schluss machen wir noch einen Besuch bei Onkel und Tante Betz in der Karlstraße. In ihrem Laden verkaufen sie allerlei, wie Lederstücke oder Riemen, die wir zum Reparieren unserer Schuhe brauchen.

„Jetzt geht's aber heim!" treibt mich Mutter an.

„Ein Automobil!" ganz aufgeregt zupfe ich an ihrem Ärmel und zeige mit meinem Finger auf dieses Ereignis.

Bei uns in Ötlingen gibt es nur Pferdefuhrwerke, aber ein Automobil – das ist der Fortschritt, das ist modern!

Immerhin haben wir einen kleinen Bahnhof, wo die Eisenbahn hält. Wie magisch zieht er mich an, da er nur wenige Schritte von unserem Haus entfernt liegt und ich ihn von dort auch sehen kann. Mit dem Häuschen, in dem die Hebel für die Signale untergebracht sind und der großen Kurbel, mit welcher der Schrankenwärter jedes Mal die Schranken herunterlässt, sobald ein Zug kommt. Fünf Mal am Tag höre ich es läuten.

In dem größeren Haus daneben, wohnt das Schrankenwärter-Ehepaar. Wie jeden Sommer schmücken sie alle Fenster reich mit Blumen.

Schon wieder stehe ich am Bahnhof und wandere mit den Augen entlang der Schienen. Er liegt ja nur an einer Nebenstrecke, die in Kirchheim endet.

Früher, in der Schule hat der Lehrer uns erzählt, der ganze Stolz der Stadtbevölkerung sei diese private Bahnlinie der ansässigen Industrie, der Baumwollweberei und des Wollmarktes, der größte Württembergs. Nicht nur Schafwolle und Baumwollstoffe auch Gussteile aus der Eisengießerei, die Instrumente der Harmonium-Fabrik und natürlich alles, was geerntet und nicht auf dem Markt verkauft wird, wie Weizen, Kartoffeln, Äpfel und Kirschen. All diese Produkte treten dort ihre Reise an.

Oft stehe ich hier und sehe sehnsuchtsvoll den Zügen nach.

Wohin sie wohl fahren? Dorthin wo die weite Welt liegt? Wo es große Häuser gibt, mit feinen Damen in schönen Kleidern, die sich Opern und Konzerte anhören, wann immer sie wollen? Wo auf breiten Chausseen Automobile fahren. Seit ich in einem Journal Bilder von unserer Hauptstadt Berlin gesehen habe, will mir der Gedanke, dies irgendwann zu erleben nicht mehr aus dem Kopf. Werde ich jemals über den Rand unseres Dorfes hinaussehen, wo es außer alten Bauernhäusern, dem Kirchenchor und einer kleinen Blaskapelle nichts gibt? Da müsste schon irgendwo ein Ritter meine Sehnsucht spüren und mich holen.

Von Weitem höre ich einen fürchterlichen Lärm. Ein Zug kommt. Gewaltige Dampfwolken stößt die Lokomotive aus ihrem Kamin und immer wieder ertönt ein lautes Pfeifsignal, damit man ihr

Herannahen nicht überhört. Wobei dies eigentlich überflüssig ist, da die Stahlräder auf den Schienen so laut rumpeln und quietschen, dass man sich die Ohren zuhalten muss.

Da steht er nun vor mir, dieser Koloss aus Stahl und Eisen mit seinen schweren Rädern, die mit mächtigen Treibstangen verbunden sind. Weit oben im Führerhaus thront der Herrscher über dieses Ungetüm und sieht stolz zu mir herab. Sein Gesicht ist schwarz vom Staub der Kohlen, mit denen er den Kessel befeuert.

Dahinter sind Waggons angehängt. Ein offener und ein geschlossener Güterwagen und zwei Personenwagen.

Noch nie war ich in solch einem Wagen. Ich will jetzt wissen, wie es darin aussieht.

Die Stufen liegen sehr hoch, deshalb muss ich mich mit der rechten Hand an einem der seitlich angebrachten Griffe hochziehen. Mit der linken halte ich meine Kittelschürze, um nicht drauf zu treten. Von der Plattform vor dem Abteil sehe ich durch die Türe zwei Reihen von Holzbänken, die sich immer zwei und zwei gegenüber stehen. Vielleicht, um sich während der Fahrt unterhalten zu können.

Nur ein paar Frauen mit leeren Körben sitzen auf den vorderen Bänken und unterhalten sich lautstark. Es ist Mittag und heute war Markttag, vielleicht haben sie Kirschen verkauft.

Ich setze mich auf einen der hinteren Plätze. Sie bemerken mich nicht als der Zug plötzlich mit einem Ruck anfährt. Wir kommen viel schneller voran als ein Pferdefuhrwerk und durch das Fenster sieht man die Felder und manchmal ein paar Rauchschwaden vorbeiziehen. Die schwere Maschine rattert und zischt und pfeift. Ein bisschen unheimlich wird mir dabei schon.

„Was habe ich da nur gemacht?", schießt es mir plötzlich durch den Kopf. „An der nächsten Station steige ich aus."

Ich habe auch keine andere Wahl, denn jetzt will der Kontrolleur meine Fahrkarte sehen. Daran habe ich überhaupt nicht gedacht, ich habe doch gar kein Geld dabei! Er macht ein sehr strenges Gesicht

19

und wirkt auf mich in seiner Uniform und seinem martialischen Schnurrbart sehr einschüchternd. „Komm hier ja nicht wieder herein, ohne dir vorher ein Billett zu kaufen!", droht er mir und komplimentiert mich am nächsten Bahnhof in Wendlingen aus dem Zug.

Und nun? Wie komme ich wieder nach Hause? Zuhause werde ich wohl schon vermisst.

Jetzt steh ich da, gucke dumm aus der Wäsche und weiß nicht mehr weiter. Ich frage einfach mal den Bahnhofswärter, ob er mir aus meiner Not hilft.

„Frag' doch den Bauern da drüben, der will aus dem Wald eine Fuhre Holz holen!"

Tatsächlich nimmt er mich ein Stück mit. Den Rest muss ich zu Fuß gehen.

Viel hatte ich von der Welt nicht gesehen und von meinen Eltern muss ich mir schwere Ermahnungen anhören, aber es war ein großes Abenteuer und meine Neugierde auf alles Neue wurde dadurch in keinster Weise gebremst.

„Ich geh' ins Gärtle", meldet sich Mutter ein paar Tage später bei mir ab und macht sich ausgestattet mit Korb und Hacke, bekleidet mit ihrer grauen Arbeits-Schürze auf den Weg. Um ins Gärtle zu gelangen, muss man auf der Straße über die Bahngleise. Kurz dahinter befindet sich unser kleines umzäuntes Grundstück, wo wir für unseren Bedarf Gemüse und Blumen anpflanzen.

Stunden später kommt sie aus der entgegengesetzten Richtung wieder zurück. „Wo warst du denn so lange?", fragt Vater etwas verwundert.

Zuerst versucht sie seiner Frage auszuweichen, aber dann erzählt sie doch stockend: „Als ich nachmittags ins Gärtle wollte, waren die Bahnschranken heruntergelassen und der Zug stand am Bahnhof. Mir hat das zu lange gedauert, bis die Schranken wieder hochgehen, da habe ich mir gedacht, ich nehme die Abkürzung durch den Zug. Bis ich drin war ist er auch schon losgefahren und ich habe es nicht mehr geschafft, die Türe auf der anderen Seite zu öffnen. So musste ich bis zur nächsten Station mitfahren und von dort meinen Fußmarsch nach Haus antreten."

Vater verfällt in schallendes Gelächter und ich verziehe mich sofort, denn über die Mutter zu lachen, das gehört sich nicht. Ich mache mir nur Gedanken, ob Eltern wirklich um so vieles gescheiter sind,

21

oder war es nur eine Ausrede und sie war genau so neugierig aufs Zugfahren wie ich.

Fritz

Man hört ja in letzter Zeit von so vielen neuen Erfindungen. Auch mein Vater sei ein Erfinder, sagen die Nachbarn. Für die Bandsäge, die er in der Wagnerei braucht, hat er einen Transmitter konstruiert. An Waschtagen kann man damit sogar den Rührarm im Waschbottich anschließen.

Er hat viel zu tun, es ist auch die einzige Wagnerei in weitem Umkreis und solch ein technisches Hilfsmittel ist eine große Erleichterung.

Heute ist Waschtag.

Der hölzerne Waschbottich steht im Hof. Zusammen mit Mutter fülle ich ihn mit kochendem Wasser und gebe die Wäsche hinein.

Vater hat vor kurzem zu seiner Unterstützung einen Gehilfen eingestellt. Er heißt Fritz und will bei ihm das Handwerk eines Wagners lernen.

Eigentlich sieht er für diesen harten Beruf nicht kräftig genug aus, aber: „Ich werde später einmal Automobile bauen, Fräulein Elsa!", erzählt er mir immer wieder und weiß, dass ich jedes Mal lachen muss wenn er „Fräulein" zu mir sagt. Er ist der Einzige, der mich bei meinem richtigen Namen nennt. Sonst sagen alle „Els" zu mir.

Aufgeweckte blaue Augen hat er und ein verschmitztes Lächeln. Dazu diese wunderbar weichen, blonden Haare! Wie Lohengrin auf der Abbildung in meinem Liederbuch.

Insgeheim stelle ich mir manchmal vor, er wäre der Ritter, der mich ganz alleine in seine fremde Welt entführt. Solche Gedanken darf ich nicht haben, meine Eltern würden sie mir austreiben, wenn sie davon wüssten. Glücklicherweise kann man Gedanken nicht lesen. Aber jedes Mal, wenn mir Fritz begegnet, merke ich, wie mir die Röte ins Gesicht steigt und ich befürchte, dass mir jeder ansieht, dass er mein armes, schwaches Herz schneller schlagen lässt.

Ganz aufgeregt bin ich schon wieder, weil Fritz uns helfen soll, den Transmitter anzuschließen.

„Wenn Fritz fertig ist, tust du noch die Kernseife ins Kochwasser,

Els!" verabschiedet sich Mutter.

„Wir machen das schon, wir zwei!" meint Fritz und zwinkert mir mit dem linken Auge zu. Ich merke, wie mir wieder ganz heiß wird im Kopf und daran ist weder das kochende Wasser, noch die Sonne schuld, die vom Himmel brennt.

„So, jetzt schwenkt der Rührarm im Bottich deine Wäsche hin und her und du kannst ihm bei der Arbeit zusehen!"

Nicht dass er etwa denkt, ich sei faul oder unnütz, weise ich ihn darauf hin, welche Erleichterung dieses moderne Hilfsmittel darstellt und bedanke mich für seine Hilfe, wie man es mir beigebracht hat.

„Ich wüsst schon, wie du dich bei mir bedanken kannst." Dabei sieht er mich aus diesen wunderbaren blauen Augen an und strahlt übers ganze Gesicht.

„Wie denn?" antworte ich ungläubig.

„Gehst du am Samstag mit mir in den *Goldenen Adler* zum Tanzen?"

Natürlich will ich das! Ich war noch nie tanzen!

„Ich muss erst meine Eltern um Erlaubnis bitten," gebe ich schüchtern zur Antwort. Er soll nicht merken, dass ich ganz außer mir bin vor Freude.

„Deine Eltern sind einverstanden, weil Erna und mein Freund Richard mit von der Partie sind, und was ist mit dir? Willst du mir etwa einen Korb geben?"

„Zu viert wird das sicher lustig, aber ich kann nicht tanzen."

„Du hast doch Musik in den Adern und lernst das schnell. Ich bring dir die Schritte bei."

Das rosenfarbene Kleid aus feinem Musseline, das ich mir genäht habe, das ziehe ich an. An den Stehkragen schließt eine kleine, duftige Pelerine an, die knapp über die Schultern fällt. Ach herrje, ich muss jetzt Umhang sagen! Wir sollen keine ausländischen Wörter mehr benutzen, seit wir mit Frankreich im Krieg sind, dabei klingt doch 'Pelerine' viel schöner, als 'Umhang'.

Bisher habe ich dieses Kleid nur getragen, wenn ich bei einer Hochzeit im Kirchenchor gesungen habe. Endlich kann ich mich damit auch einmal außerhalb des Dorfes zeigen. Die Mädchenzöpfe werden gelöst und Mutter steckt meine schweren dunkelbraunen Locken zu einem Kranz hoch. So sehe ich wirklich wie ein „Fräulein" aus.

Fritz, Erna und Richard erwarten mich vor dem Haus. Die beiden Männer wirken wie feine Herren, in ihren Anzügen und steifen Hemdkragen.

Singend und lachend ziehen wir vier zu Fuß in die Stadt, vorbei an den frisch gemähten Wiesen und den Feldern auf denen die Spitzen der Ähren silbrig in der Abendsonne glänzen. Es weht ein angenehmer lauer Wind. Der Boden, der die Wärme des Tages gespeichert hat, gibt sie langsam wieder an die Atmosphäre zurück und ein dumpfer Geruch von trockenem Stroh steigt auf.

Das Leben ist so schön!

Der *Goldene Adler* ist eines der vielen Wirtshäuser, die es in der Stadt gibt, doch ist es das einzige mit einem riesigen Saal für große Veranstaltungen. Bisher durfte ich nur den vergoldeten Adler über dem Eingang bestaunen, drinnen war ich noch nie.

An den Seiten des großen Raumes ist der Boden etwas erhöht und mit einem Geländer begrenzt, wie ein Balkon. Darauf stehen Tische mit Stühlen drumherum. Gleichfalls gibt es Tische und Stühle am Rande der großen Fläche in deren Mitte getanzt wird.

Vorne, über die ganze Breite des Raumes erstreckt sich die Bühne, auf der eine Tanzkapelle schon angefangen hat zu spielen. Einige Paare tanzen bereits und es herrscht eine ausgelassene Stimmung.

Ein paar Männer tragen schon Uniform und scheinen richtig stolz darauf zu sein. Wie eine ansteckende Krankheit greift dieses Kriegsfieber allmählich um sich.

Sobald wir einen freien Tisch gefunden haben, winken die Männer eine Bedienung heran und bestellen Getränke. Für sich selbst natürlich Bier und für uns Mädchen Apfelschorle.

Wie schön alles geschmückt ist! So viele Sonnenblumen und Fahnen mit dem Wappen des deutschen Kaiserreichs überall!

Erna ist genau so überwältigt wie ich.

Meinen Eltern bin ich über alle Maßen dankbar, dass ich trotz ihrer Fürsorge für diesen Tanzabend die Erlaubnis erhalten habe.

Neidvoll sehe ich zu, wie sich die Paare nach der schwungvollen Musik bewegen. Meine Beine beginnen wie von selbst im Takt der Musik zu wippen.

Als die Kapelle die ersten Töne eines Wiener Walzers anstimmt, postiert sich Fritz plötzlich vor mir auf und mit einer galanten Verbeugung stellt er mir die Frage: „Fräulein Elsa, darf ich sie um diesen Tanz bitten?"

Vor Aufregung völlig verstummt, stehe ich von meinem Stuhl auf und lasse mich auf die Tanzfläche führen. Dort hält er mich im Arm und wiegt sich mit mir im Takt der Musik. Einen Schritt zurück und dann eine Drehung und noch eine Drehung und noch eine...

Ich fühle mich so unendlich leicht und verzaubert.

Nie mehr will ich aufhören zu tanzen. Das ist das vollkommene Glück!

Es ist spät, und die Musiker beginnen schon, ihre Instrumente einzupacken.

In meinem Kopf spielt immer noch eine wundervolle Melodie und mein Herz scheint zu tanzen. Ein völlig unbekanntes Gefühl durchdringt mich, als würde ich einerseits schweben und gleichzeitig wird mir ganz eng in der Brust. Wie in einer Wolke eingebettet, dringen die Geräusche gedämpft an mein Ohr.

„Jetzt ist Schluss, gehen wir!" holt mich Erna aus meinem Taumel.

Zusammen machen wir uns auf den Heimweg.

Erna und Richard gehen etwas schneller. Fritz scheint es nicht besonders eilig zu haben, weshalb wir immer weiter zurückbleiben. Er nimmt mich bei der Hand, damit ich mich nicht fürchte. Wovor sollte ich mich denn fürchten, solange er bei mir ist? Es ist eine laue Nacht und wir sind allein auf der Straße. Nur der Sternenhimmel ist über uns.

„Ich muss dir was sagen", unterbricht er plötzlich die Stille. „Ich habe meinen Marschbefehl erhalten und muss an die Front.

Übermorgen fährt der Zug."

Als hätte ein Blitz den Nachthimmel durchschnitten um mir bis tief ins Mark zu fahren, trifft mich dieser eine Satz. Mein Korsett will mir die Luft abschnüren. Schwindel erfasst mich und alles um mich herum versinkt in tiefe Dunkelheit.

Seine Arme fangen mich auf und er trägt mich vorsichtig seitlich auf eine Wiese und legt mich dort ins frische Heu.

„Verlass mich nicht!"

„Ich komme zurück, versprochen!" flüstert er mir ins Ohr, aber dann voller Begeisterung: „Es ist meine Pflicht, unser Vaterland verteidigen. Alles wird anders sein, danach. Dies ist der Aufbruch in eine neue Zeit. Sobald wir die Franzosen siegreich in die Flucht geschlagen haben, ist der Krieg vorbei und bis Weihnachten bin ich wieder bei dir."

„Ich will aber nicht auf dich warten! Halte mich fest und lass mich nicht mehr los!"

Sitte und Anstand sind mir in diesem Moment völlig gleichgültig. Auch will ich nicht an meine Eltern denken, ich will einfach nur ihm gehören. Er soll mich nicht verlassen, wo unsere Liebe doch gerade erst begonnen hat.

Den Krieg fühle ich jetzt ganz nah.

Allmählich geht die Sonne auf.

„Da vorne am Waldrand geht mein Onkel, der Feldschütz. Hoffentlich hat er uns bei seinem nächtlichen Rundgang über die Felder nicht entdeckt, sonst müsste er mich sofort wegen unsittlichen Verhaltens in der Öffentlichkeit beim Schultheiß anzeigen."

Womöglich hätte ich das voller Stolz hingenommen. Wir sind jetzt ein Paar, wo doch Fritz versprochen hat, zurückzukehren.

„Schnell, bringen wir unsere Kleider wieder in Ordnung! Ich muss nach Hause. Hoffentlich haben meine Eltern nicht bemerkt, dass ich nicht in meinem Bett liege."

In der Morgendämmerung begleitet er mich bis vors Haus.

„Ich bin am Montag am Bahnhof!" flüstere ich ihm noch ins Ohr und nach einer kurzen Umarmung öffne ich ganz leise die Haustüre und schleiche mich in meine Kammer. Dabei gebe ich Obacht, dass keine Holzdiele anfängt zu knarren, die mich verrät.

Am Montag Morgen um sechs Uhr begleite ich Fritz, wie versprochen an unseren kleinen Bahnhof. Der schmale Bahnsteig kann die vielen Menschen kaum fassen. Alles wimmelt von grauen Uniformen und Frauen, die den Soldaten begeistert zujubeln und deren Gewehre mit Blumen schmücken.

Auch ich habe wie alle anderen Frauen Margeriten und Kornblumen gepflückt. Ich möchte damit nicht sein Gewehr schmücken, Fritz soll nur für kurze Zeit noch ein kleines Andenken an mich mitnehmen.

Bedrohlich zischend fährt der Zug ein. Aus den Fenstern lehnen sich schon weit die Soldaten, die in Kirchheim eingestiegen sind.

Alles ist in einen riesigen Freudentaumel verfallen und die winkenden Männer stimmen laut im Chor das Lied an:

„ Es braust ein Ruf wie Donnerhall!"

Zum Abschied spielt die kleine Blaskapelle, die sonst auch Beerdigungen den würdigen Rahmen verschafft, doch heute sind alle sehr fröhlich, weil es schließlich eine Ehre ist, für das Vaterland kämpfen dürfen.

Ich fühle mich ganz benommen von den vielen Menschen und diesem Lärm um mich herum. Krieg, Krieg, Krieg, nichts anderes ist mehr in den Köpfen der Menschen.

Der Schaffner drängt zum Einsteigen. Beschützend und voller Zärtlichkeit nimmt mich Fritz in seine Arme. Ich fühle mich durch die Kraft, die von ihm ausgeht sicher und geborgen. Er wird wiederkommen, das sagt mir mein Gefühl.

Nun ist es wirklich soweit, der Zug beginnt schon anzufahren. Das Signal der Lokomotive ertönt und aus dem Kamin werden die ersten Dampfwolken ausgestoßen. Schnell schwingt er sich auf die Plattform und nachdem er sich bis zum Zugfenster durchgedrängt hat, winkt er mir mit meinem Blumenstrauß zu und ruft noch im Wegfahren: "Ich schreib dir jeden Tag!"

Die folgenden Tage vergehen mit Arbeit und Warten auf Post, oder mehr noch auf ihn.

Die Frauen in Ötlingen sind nun gezwungen, noch mehr zu arbeiten und stöhnen unter dieser Last. Da auf vielen Höfen schon die Männer fehlen, bleibt es an ihnen sie zu bewirtschaften und nebenbei sind auch noch Haushalt und die Kinder zu versorgen.

„Els, komm her! Der Büttel hat einen Brief für dich abgegeben!" ruft mir Vater aus seiner Werkstatt zu.

„Ein Brief, ein Brief! Schon nach drei Tagen!"

Tanzen und singen würde ich am liebsten vor Freude. Kaum kann ich es erwarten, bis ich den Brief endlich öffnen darf. Niemand soll mich dabei stören, deshalb warte ich damit, bis ich in meiner Kammer bin.

Liebste Elsa!

Seit zwei Tagen sind wir mit dem Zug unterwegs und heute nun in Belgien angekommen. Es ging sehr eng her, viel Platz zum Schlafen blieb uns nicht. Jetzt geht es weiter in einem Fußmarsch bis zur französischen Grenze.

Man spürt schon die Erde beben, vor lauter Kriegsgetöse und ich kann es kaum erwarten, endlich an der Front unsere Ehre zu verteidigen. Sorge Dich nicht um mich, mir geht es gut und bald werden wir uns wiedersehen! In Gedanken bist Du immer bei mir.

In Liebe, Dein Fritz.

Ach ich bin so froh, alles wird gut werden. Er soll nur auf sich aufpassen und nicht zu forsch werden. Sofort gehe ich daran, ihm zurückzuschreiben.

Der Herbst ist schon langsam zu spüren. Es wird kühler und der Wind ist oft ziemlich rau.

Beinahe täglich bekomme ich Post und antworte auch immer sofort. Aber ich habe solche Sehnsucht, dass ich es nicht beschreiben kann. Der Inhalt seiner Briefe macht mich in letzter Zeit auch nicht mehr froh. Über schreckliche Zustände an der Front berichtet er darin:

...Am meisten macht uns der Schlamm, die Kälte und dieser ekelhafte Gestank im Schützengraben zu schaffen. Es ist um mich herum ein fürchterliches Abschlachten. Der Essensnachschub gelingt nur sehr schleppend, deshalb haben wir immerzu Hunger. Manchmal sitzen wir tagelang herum und müssen uns irgendwie die Langeweile vertreiben. Während dieser Zeit denke ich nur an Dich und und dass ich bei Dir sein möchte. Meine Sehnsucht ist unendlich.

Dann geht dieses Höllenfeuer wieder los, wenn um uns herum Granaten einschlagen, dass einem schier das Trommelfell platzt und die Schrappnelle mit ihrem hohen pfeifenden Ton vorbei jagen.

Der Kopf möchte einem beinahe zerspringen.

Ich wäre Dir so sehr verbunden, wenn Du mir ein paar Socken schicken könntest, damit ich besser vor der Kälte geschützt bin und etwas zu essen. Immer nur trockener Zwieback, das nimmt einem die ganze Kraft...

Ich stricke jetzt Socken, so viel wie ich schaffen kann, damit er nicht frieren muss – und Eingemachtes und ein Stück Hartwurst schicke ich ihm auch! Wenn er nur bei Kräften bleibt.

Neun Wochen ist Fritz nun schon weg. Mein Herz fühlt sich so schwer an und mein Magen krampft sich regelrecht zusammen. Ständig wird mir übel vor lauter Sorge.

„Die Schande kannst du uns nicht antun, Els! Glaub nur nicht, dass ich nicht merke, wie du dich jeden Morgen übergibst! Du bekommst ein Kind! Sobald Fritz seinen ersten Heimaturlaub antritt wird geheiratet! Vielleicht lässt sich die Schwangerschaft solange verbergen."

Meine speziellen Tage sind tatsächlich schon zwei Mal ausgeblieben, aber ich dachte, das käme alles nur von meiner ständigen Sorge um ihn.

Mutter hat wohl Recht in ihrer Annahme. Aber warum ist sie nur so ärgerlich, ein Kind ist doch ein Geschenk!

Mein geliebter Fritz!

Heute habe ich Dir eine ganz besondere Mitteilung zu machen. Stell Dir vor, diese eine Nacht ist nicht ohne Folgen geblieben! Wir bekommen ein Kind und ich bin so glücklich. Meine Eltern meinen zwar, es sei eine Schande, deshalb solle ich meinen Zustand so lange verbergen, bis Du wieder bei mir bist, um mich dann zu heiraten.

Jetzt habe ich einen Grund mehr, mich auf Deine baldige Rückkehr zu freuen.

Deine überglückliche Elsa

Ich bin mir sicher, dass er sich über meine Botschaft freut und mir nicht, wie meine Eltern zum Vorwurf macht ein Kind der Schande unter dem Herzen zu tragen.

Tatsächlich erhalte ich schon bald die sehnsüchtig erwartete Antwort.

Elsa, mein liebster Schatz,

Du sendest mir ein strahlendes Licht in diese Finsternis mit Deiner wunderbaren Botschaft. Ich male es mir in den schönsten Farben

aus, zusammen mit Dir und unserem Kind eine Familie zu haben.
Sobald ich diesen Ort des Grauens verlassen darf, werde ich Dich
zu meiner Frau zu machen.
Dein Dich ewig liebender Fritz

Das Schicksal meint es bestimmt gut mit mir und wird ihn bald
zurückbringen, obwohl ich seit vier Tagen keine Nachricht mehr
erhalten habe. Die Verteidigung unseres Vaterlandes wird ihm nicht
viel Zeit zum Schreiben lassen. Vielleicht ist nur noch eine
Schlacht zu gewinnen, um den Franzmann ist in seine Schranken zu
verweisen. Dann kann mein Fritz heimkehren und ich darf endlich
seine Gattin werden.

Tag für Tag warte ich voller Hoffnung auf Post. Jetzt sind es schon
zwei Wochen, dass ich ohne Nachricht bin. Trotzdem schicke ich
weiterhin täglich meine Briefe an die Front. Meine
Eltern setzen nur noch sorgenvolle Mienen auf, weil sie sehen, wie
ich leide. Mein Kummer wird dadurch nicht geringer.
Liebe, so hat man mir gesagt, sei ein ganz wunderbares Gefühl, aber
es ist nur Schmerz und dieser Schmerz durchdringt den ganzen
Körper. Er frisst sich durch, wie ein Geschwür.

Endlich, eines Morgens kommt wieder ein Brief.

„Den hat die Mutter von Fritz geschickt."

Vater hat ihn vom Büttel entgegengenommen und übergibt ihn mir mit ernster Miene. Ungeduldig und mit zitternden Händen versuche ich ihn zu öffnen. Über so viele Familien ist mit dem Erhalt eines Briefes das Unglück hereingebrochen.

Meine liebe Elsa,

mit unendlichem Schmerz und großer Trauer muss ich Dir die schreckliche Mitteilung überbringen, dass mein geliebter Sohn Fritz auf dem Feld der Ehre, im Dienste seines Vaterlandes sein junges hoffnungsvolles Leben lassen musste.

Wie ich durch sein Regiment erfuhr, ist er schon vor zwei Wochen im Kampf von einer Granate tödlich getroffen worden.

Er hat Dich sehr geliebt. Sei dies Dein Trost!

Deine Hildegard

Mein Leben ist nun auch zu Ende

In Zürich

Als säße ich in einem tiefen, dunklen Loch und über mir nur schwarze Wolken. Regungslos und unfähig zu denken. Dieser Kummer, schwer wie Blei scheint mich zu erdrücken. Am liebsten würde ich sterben.

Warum musste er mich verlassen? Habe ich ihn ohne mein Wissen verraten, wie Elsa ihren Lohengrin? Trage ich eine Mitschuld?

Vielleicht ist mir ja auch ein Leben zwischen Kühen und Feldern vorbestimmt, denn Fritz hätte mich hier sicherlich weggeholt.

Nur am Rande bekomme ich mit, dass sich Vater und Mutter Gedanken darüber machen, wie man die „Schande" abwenden kann.

„Du fährst jetzt in die Schweiz zu Onkel Johann und Tante Agnes! Es gibt dort einen Arzt, der dich von der Schande entbindet. Wir sagen halt, er sei ein Spezialist für deinen Rücken, falls jemand danach fragt, was du in der Schweiz machst.

Außerdem bist du schon ganz dünn geworden, der Kummer frisst dich noch auf und vom Trübsal blasen kommt er auch nicht wieder. Die Luft soll ja auch so gesund sein dort."

Mir ist alles gleichgültig. Sollen sie doch über mein Leben bestimmen, ich habe eh keines mehr!

Mit einem gültigen Billett und einem Koffer in der Hand, steige ich in den Zug nach Zürich.

Ich sitze auf einer der Holzbänke und sehe zu, wie am Fenster Regentropfen durch den Fahrtwind waagerechte Bahnen ziehen.

„Wie Tränen sehen sie aus", muss ich denken.

In mir gibt es keine mehr, zu viel habe ich schon geweint.

Mein erster Ausflug in die Welt außerhalb unseres Dorfes. Wie oft habe ich davon geträumt.

Am Bahnhof von Zürich-Altstetten erwartet mich die Schweizer Verwandtschaft. Ganz steif von der Zugfahrt, hole ich erst einmal tief Luft und muss sofort feststellen, die Luft riecht hier tatsächlich anders – irgendwie klarer und reiner. Das muss wohl an diesen mächtigen Bergen liegen, von denen Zürich umgeben ist. Steile, schroffe Felswände ragen in der Ferne empor, auf deren Gipfeln der Schnee glänzt. Sie wirken viel imposanter als die Hügel unserer schwäbischen Alb.

Tante Agnes und Onkel Johann bereiten mir einen überaus herzlich Empfang. Es zeigt mir ihre ehrliche Freude, mich begrüßen zu dürfen.

„Jetzt komm halt erst mal mit und ruh' dich bei uns zu Hause von der langen Fahrt aus. Deine Mutter hat uns über alles informiert, mach dir also keine Sorgen. Aber zuerst musst du etwas Ordentliches essen, damit wieder Farbe in dein Gesicht kommt! Siehst ja ganz blass aus."

Sogar ein eigenes Zimmer bekomme ich im Haus von Onkel Johann. Er ist Bäcker und führt seine Bäckerei im Erdgeschoss, wo noch ein kleiner Verkaufsraum angeschlossen ist. Darüber liegt die Wohnung, die schön warm ist, obwohl es schon ziemlich winterlich wird. Der Ofen in der darunterliegenden Backstube ist immer angeheizt und wärmt das ganze Haus.

Eine lustige Sprache spricht man dort. An jedes Wort hängen sie ein „i" an und ich habe oft Mühe Tante Agnes zu verstehen. Nur Onkel Johann schwätzt schwäbisch mit mir, er ist ja der Bruder vom Vater und halt vor etlichen Jahren in die Schweiz ausgewandert, weil Vater, als der Ältere den Hof geerbt hat.

Die vielen neuen Eindrücke lenken mich von meinem Schmerz etwas ab und zum Nachdenken lässt man mir kaum Zeit. Schon am nächsten Tag soll ich zu diesem Arzt gebracht werden, der mein

Kind wegnehmen wird.

Das Einzige, was mir von Fritz geblieben ist, soll ich nun hergeben! Es ist doch sein Kind, unser Kind!

Doch was würde dieses arme Menschlein für ein unwürdiges Leben führen, mit einer ledigen Mutter! Nie mehr wieder würde ich zu meinen Eltern zurückkehren dürfen. Ein uneheliches Kind in der Familie wäre undenkbar für sie. Wir wären alle geächtet.

In der Nacht werde ich von düsteren Gedanken geplagt, die mich nicht zur Ruhe kommen lassen.

Tante Agnes begleitet mich am Morgen bei meinem schweren Gang. Wie Vieh, das man zur Schlachtbank führt, fühle ich mich und beim Anblick dieser glänzenden Instrumente im Arztzimmer, wird mir ganz schwindelig.

Der Arzt ist sehr freundlich und gibt mir nicht das Gefühl der Verachtung, wie ich erwartet habe. Das beruhigt mich wiederum etwas und nimmt mir die Angst vor dieser sonderbaren Umgebung.

Nach dieser schrecklichen Prozedur soll ich noch zwei Tage liegen.

Das ist schlimm, wenn man dann so ganz alleine mit seinen Gedanken ist und die Tränen nicht aufhören wollen zu fließen. Der Kummer will nicht vergehen, er wird fast noch größer, wenn ich darüber nachdenke, was ich alles verlor.

Tante Agnes sieht ab und zu nach mir und bringt mir einen Teller

Suppe und ein Stück vom guten Brot aus der Backstube. Dazu einen Kräutertee, damit ich wieder zu Kräften komme. Sie kümmert sich wirklich rührend um mich und versucht mich zu trösten.

Allmählich erhole ich mich körperlich wieder und genieße es, wenn aus Onkel Gustavs Bäckerei morgens der Duft von frischem Brot in mein Zimmer steigt.

„Wenn du dich wieder kräftig genug fühlst, kannst du ja Brot verkaufen in meinem Bäckerladen", meint Onkel Johann. „Dabei kommst du auf andere Gedanken."

Für diesen Vorschlag bin ich ihm aufrichtig dankbar.

Froh, dass ich endlich eine Aufgabe habe, die ich mit viel Freude erledige, stehe ich in meiner geblümten Schürze adrett hinter der Ladentheke. Dort verkaufe ich Brot oder „Gipfeli", wie sie zu Hörnchen sagen, außerdem achte ich darauf, dass alles sauber aussieht.

Mit der Sprache habe ich noch meine Schwierigkeiten. Ich muss schon sehr aufpassen, um zu verstehen, was die Kunden bestellen. Wenn sie wiederum mein Schwäbisch nicht verstehen, lachen wir gemeinsam.

Überhaupt sind die Schweizer fröhliche Menschen. Ich kann diesen

Aufenthalt jetzt genießen. Die hohen Berge, die moderne Großstadt - einfach herrlich ist es hier.

Sonntags fahren wir manchmal mit der Straßenbahn von Altstetten die kurze Strecke bis in das Zentrum von Zürich. Dort liegt mitten in der Stadt ein riesengroßer See, wo wir Spaziergänge an der Uferpromenade machen. Oder wir schauen uns die Auslagen in den prächtigen Warenhäusern an und staunend stehe ich immer wieder vor den imposanten Bankhäusern. Soviel Reichtum macht mich ganz wirr im Kopf.

Auch richtig feine Herrschaften, wie man sie nur aus Magazinen kennt, sieht man dort flanieren oder in ihren Automobilen fahren. Sie müssen aufpassen, dass sie nicht mit den Straßenbahnen zusammenstoßen, die sich überall kreuz und quer und mit lautem Klingeln ihren Weg bahnen. Ein Fortbewegungsmittel, das ich hier auch zum ersten Mal sehe.

Wie bin ich froh, dass mich Onkel und Tante immer begleiten. In diesem Durcheinander wäre ich verloren.

Die Schweiz ist ein glückliches Land, es kennt keinen Krieg.

Meine Eltern halte ich in meinen Briefen auf dem Laufenden, was ich alles erlebe und wie gut es mir hier geht. Mutter schreibt mir ebenso oft zurück.

Nach vier wunderbaren Monaten in der Schweiz, erreicht mich wieder ein Brief von ihr.

Mein liebes Kind!

Mittlerweile greift der Krieg in unser aller Leben ein. Man kann die Toten kaum noch zählen, die fürs Vaterland ihr Leben lassen. Alle wehrfähigen Männer werden jetzt eingezogen und in unserem Dorf gibt es fast nur noch Frauen, die keine andere Wahl haben, als die ganze Männerarbeit zusätzlich zu erledigen. Viele Felder werden aus diesem Grund nicht mehr bewirtschaftet und da jeder einen großen Teil des Ertrages für die Versorgung der Soldaten abgeben muss, haben sogar wir unter Einschränkungen zu leiden.

Vater ist in den Ortschaftsrat gewählt worden und ich bin wirklich heilfroh, dass er schon zu alt ist, um an die Front geschickt zu werden.

Wegen dieser schweren Bedingungen und weil wirklich jede Hand gebraucht wird, möchten Vater und ich, dass Du so schnell wie möglich wieder nach Hause kommst.

Grüße wie immer Agnes und Johann von uns!

Auf ein baldiges Wiedersehen

Deine Mutter

Da meine Eltern mich so dringend brauchen, ist es meine Pflicht zu gehorchen.

Zudem ist Vater ist in den Ortschaftsrat gewählt worden. Das heißt, man hat ihn für würdig befunden dieses Amt zu bekleiden und niemand hat etwas von meiner „Schande" mitbekommen.

Der Abschied von Onkel und Tante und diesem schönen Land fällt mir unendlich schwer. Tante Agnes und ich, wir liegen uns weinend in den Armen.

„Du bist mir ans Herz gewachsen, als ob du mein eigenes Kind wärst," sagt sie unter Tränen.

Auch Onkel Johann sehe ich ganz gerührt und während er meine Hände ganz fest in seinen kräftigen Bäcker-Händen hält, meint er: „Du bist bei uns jederzeit willkommen. Wenn du irgend etwas brauchst, dann schreib' oder komm einfach her."

Sobald ich über mein Leben selbst bestimmen kann, werde ich dorthin zurückkehren. Mit Sicherheit!

Ich habe nun ein Stück von der Welt gesehen und fühle mich in unserem Dorf beinahe fremd. Die Nachbarn lassen mich fühlen, dass ich nicht mehr, so wie früher zu ihnen gehöre.

In ihren Augen bin ich jetzt die Städterin. Dazu kommt, dass die Lebensbedingungen in Deutschland sehr hart geworden sind und jeder neidisch den Anderen beobachtet, ob er etwa mehr hat als er selbst.

Auch habe ich beschlossen, wieder im Kirchenchor singen. Das macht einem das Herz weit und lässt so manche Sorgen vergessen. Es wird mir helfen, mich wieder in die Dorfgemeinschaft einzufügen und an frühere Kontakte anzuknüpfen.

Ebenso ist meine Liebe zu allem, was grünt und blüht ungebrochen. Die Pflanzen spüren das und danken es mir, indem sie wunderbar gedeihen.

In unserem Vorgarten sind die Samen, die ich mitgebracht habe gut aufgegangen. Es sind kräftige Pflanzen daraus entstanden, die im August rote Früchte tragen. Die Nachbarn stehen kopfschüttelnd davor und fragen sich: „Was soll denn das sein? Kann man damit etwas anfangen? Wo jetzt alles knapp wird, hat es doch keinen Sinn irgendwelche nutzlosen Pflanzen heranzuziehen!"

„Das sind Tomaten, ein sehr schmackhaftes Gemüse, das ich selbst aus Samen, die aus der Schweiz kommen gezogen habe."

Aber ich stoße nur auf Unverständnis.

„Mit dem was hier wächst, ist man bisher sehr gut ausgekommen und das Ausland hat uns noch nie was Vernünftiges gebracht!"

Schwenningen

1918 - 1932

Nach vier endlos wirkenden Jahren ist dieser grauenvolle Krieg zu Ende. Die anfängliche Euphorie hat in eine unendliche

Niedergeschlagenheit umgeschlagen. Der Kaiser hat abdanken müssen, die Soldaten sind kriegsmüde und haben sich in einem Aufstand gegen ihn gestellt. Wir haben jetzt eine Republik und das Volk soll nun in einer Demokratie selbst regieren.

Dann gibt es sicherlich nie wieder einen Krieg, denn Tod, Verwüstung und Armut sind über unser Land gekommen und so viele junge Männer hat es das Leben gekostet. Das darf nie mehr geschehen.

Wie Mutter in ihrem letzten Brief schon erwähnt hat, muss fast jeder ein Familienmitglied beklagen, das Opfer der „Großen Sache" geworden ist. Soldaten, die zurückkehren haben oft amputierte Gliedmaßen und sind manchmal entsetzlich entstellt. Sie können bei der Feldarbeit nicht mehr eingesetzt werden. Die Frauen sind mit der vielen Arbeit überfordert und lassen deshalb viele Felder brach liegen. Die Ernten fallen immer magerer aus. Wir können uns mit dem, was wir anbauen immer noch selbst versorgen, aber in den Städten leiden die Menschen an Hunger.

Richtig verrückt geworden sind einige der heimkehrenden Soldaten. Der Kriegslärm durch die Detonationen der Granaten und das andauernde Artilleriefeuer, dazu das Grauen, das sie mitansehen mussten hat ihren Geist verwirrt. Für sie ist der Krieg nie zu Ende, eine Rückkehr in die Wirklichkeit ist ihnen nicht mehr möglich.

Jämmerlich fristen sie im Irrenhaus ihr Dasein für den Rest des

Lebens und niemand hält es für nötig, dass man diese unbrauchbaren Menschen von dem Wenigen, das es zu Essen gibt auch noch durchfüttern soll. So wird ihnen der Einsatz fürs Vaterland gedankt.

„Für dich wäre es jetzt allmählich an der Zeit, dass du einen Mann findest, der dich heiratet, Els," meint Mutter und Vater unterstützt sie da noch in ihrer Meinung.

„Ein Mädchen kann nicht ewig bei den Eltern wohnen, sonst will sie bald überhaupt keiner mehr. Diese „Sitzengebliebenen" werden mit der Zeit bloß immer wunderlicher und schrullig. Du bist doch eine gute Partie, als Alleinerbin vom Hof und den ganzen Ländereien."

Die Erinnerung an Fritz ist noch so gegenwärtig, dass ich an eine Heirat und einen anderen Mann keinen Gedanken verschwende.

Überhaupt habe ich das Gefühl, dass ich mich nie wieder verlieben kann.

„Wen soll ich denn heiraten? Alle Männer sind doch entweder tot, verkrüppelt oder nicht mehr recht im Kopf!" versuche ich von diesem Thema abzulenken.

Vater bemerkt ganz beiläufig: „Drüben bei den Bechtles ist ein junger Mann eingezogen. Sie haben das Zimmer ihres Sohnes vermietet, nachdem er nicht mehr von der Front heimkam."

Oder haben sie sich etwa abgesprochen, weil Mutter sofort mit der Feststellung einfällt: „Ich lade ihn am Sonntag mal zum Essen ein, wir leiden ja keine Not und über eine ordentliche Mahlzeit freut er sich bestimmt."

Soll sie doch einladen, wen sie will. Mich interessiert es jedenfalls nicht.

Otto, der angehende Bräutigam

Otto ist Praktikant bei der Verwaltung in der Stadt. Ein stattlicher, gutaussehender Mann von dreiundzwanzig Jahren. Auf eine seltsame Art wirkt er ziemlich ernst und verschlossen. Auch spricht er sehr laut, hat aber gute Manieren und wirkt sehr gebildet.

„Bei meiner Familie in Sindelfingen konnte ich nicht bleiben," erzählt er während des Essens. „Obwohl ich im Krieg nicht so schwer verwundet wurde, wie viele andere, gab es für mich dort keine Arbeit. Deshalb bin ich froh, diese Stelle hier bei der Stadtverwaltung bekommen zu haben, wo es doch momentan so viele Arbeitslose gibt."

Meine Eltern scheinen wie gebannt seinen Erzählungen zu folgen. Die Unterhaltung wird dabei immer lauter, weil Otto schwerhörig zu sein scheint.

„Entschuldigt, wenn ich manchmal etwas nicht mitbekomme, aber auf dem linken Ohr kann ich nichts hören!" erklärt er schließlich und dass er lange Zeit im Lazarett verbracht habe, wo man ihm mehrere Granatsplitter aus der Schulter entfernt habe. Durch die Explosion dieser Waffe sei das Trommelfell im linken Ohr geplatzt.

Ein Kriegsheld! Wenn doch Fritz bloß am Ohr getroffen worden wäre, das würde mich nicht stören, aber er wäre wenigstens nicht tot!

Otto hinterließ bei meinen Eltern wohl einen guten Eindruck. Sie laden ihn nun beinahe regelmäßig sonntags zum Mittagessen ein und er scheint jedes Mal gerne zu kommen. Wen wundert's, wo er sich bei uns an einen gedeckten Tisch setzen kann.

Sogar einen Strauß Astern hat er heute für Mutter mitgebracht.

Während ich in der Küche Spätzle schabe und aufpasse, dass das Sauerkraut mit dem Sauschwänzle nicht anbrennt, unterhält sich Otto im Wohnzimmer mit meinen Eltern.

„Unterbrich' mal kurz deine Arbeit und komm zu uns ins Wohnzimmer!" ruft mir Mutter in die Küche zu.

Was kann denn wichtiger sein, als ein gelungenes Essen?- Wird schon seine Gründe haben. Eigentlich bin ich ja fertig, nur das Sauerkraut nehme ich vorher vom Feuer und decke die offene Herdstelle mit der gusseisernen Platte ab.

Alle drei blicken mir mit ernsten Gesichtern entgegen, bevor sich Otto in seiner ganzen eindrucksvollen Größe vor mich hinstellt.

Ganz förmlich sieht er aus, als er zu mir spricht:

„Liebe Elsa, ich habe soeben deine Eltern um die Erlaubnis gebeten, mit dir den Bund fürs Leben einzugehen. Willst du mich heiraten?"

Auf dem Absatz drehe ich mich um, und stürze zurück in die Küche.

Ich kann doch niemanden heiraten, den ich nicht liebe!

Wie kommt er nur darauf? Mich ergreift solch eine Verzweiflung, dass mir die Tränen aus den Augen schießen und übers Gesicht rinnen.

Sofort folgt mir Mutter und ist furchtbar aufgebracht.

„Was ist denn das für ein ungeheuerliches Benehmen!"

Mir ist ja bewusst, dass ich bisher nur Schande über meine Eltern gebracht habe und ihnen keine gute Tochter war.

„Du musst dankbar sein solch einen Mann zu bekommen! Schließlich hat er eine Stelle als Beamter beim Zollamt in Schwenningen in Aussicht, da bist du gut versorgt in diesen schwierigen Zeiten."

Dem Wunsch meiner Eltern habe ich mich wohl oder übel zu fügen, so groß die Überwindung auch sein mag. So oft werden Ehen aus Gründen der Vernunft geschlossen, ohne zu fragen, ob es eine Liebe gibt zwischen Mann und Frau.

„Sofort gehst du wieder zurück und entschuldigst dich für dein Verhalten!"

Meine Tränen sind getrocknet. Zuvor noch einen kurzen, kontrollierenden Blick in den Spiegel, ob ich Otto wieder unter die Augen treten kann, ohne dass er mir ansieht, dass ich geweint habe.

Bei meiner Rückkehr ins Wohnzimmer, sind die Mienen noch ernster geworden, als vorher. Äußerlich gefasst stelle ich mich vor meinen zukünftigen Bräutigam und erwidere ihm mit fester Stimme:

„Ich fühle mich über deinen Antrag sehr geehrt und nehme ihn in Dankbarkeit an. Ich bitte dich innigst, mein Betragen zu entschuldigen. Die Situation war für mich so überraschend und verwirrend, dass ich für kurze Zeit meine Fassung verlor."

Die Gesichter ringsum hellen sich auf und alle scheinen glücklich. Ich beschließe, einfach die Augen züchtig niederzuschlagen. Währenddessen stellt Mutter Spätzle und Sauerkraut mit dem Sauschwänzle auf den Esstisch.

Das Schicksal lässt mir keine Wahl, ich habe ihm zu folgen.

Der Hochzeitstermin wird auf den 27. Oktober 1923 gelegt, da Otto danach seine Stelle in Schwenningen antreten soll.

In weiser Voraussicht habe ich mit Mutter schon vor Jahren den Stoff für ein Brautkleid eingekauft, in Weiß wie es jetzt Mode ist. Bei dem derzeitigen Mangel an allem, gäbe es nichts mehr zu kaufen. Mutter hat zu ihrer Hochzeit noch ein schwarzes Kleid getragen, wie es zu ihrer Zeit üblich war, darin kann ich auf gar keinen Fall heiraten. Bei den schmalen Kleidern, wie man sie jetzt trägt muss ich auch nicht so viel Stoff verarbeiten und Spitzenborten zum ausputzen habe ich genug. Es wird ein wunderschönes Kleid werden. Alle sollen sie mich beneiden!

Früh am Morgen des Hochzeitstages kommen Ottos Eltern und seine beiden jüngeren Brüder mit ihren Ehefrauen aus Sindelfingen angereist.

Ziemlich schnell wird mir klar, dass ich in eine ganz fürchterliche Sippe einheiraten werde.

„Ob die ihm überhaupt einen Haushalt führen kann? Bei mir hatte er es so gut!", höre ich seine Mutter jammern.

„Was will unser Otto denn mit so einem Bauerntrampel, wo er doch auf der Lateinschule war!" halten die Schwägerinnen mit ihren gehässigen Kommentaren nicht hinterm Berg.

Vielleicht soll ich ja hören, was sie hinter meinem Rücken tuscheln, denn besonders leise sind sie nicht dabei.

„Unser Brautkleid hat viel mehr hergemacht, aber was will man auch in so einem Kuhdorf erwarten. Bei uns in der Stadt geht es vornehmer zu."

„Na ja, bei der Mitgift muss man halt über so Manches hinwegsehen."

Von den drei Frauen schlägt mir deutliches Misstrauen entgegen.

Die Mutter scheint eifersüchtig, weil ich ihr den Lieblingssohn wegnehme und die Schwägerinnen, weil ich viel hübscher bin, als sie.

Die Männer dagegen scheinen umgänglicher zu sein. Sie sind sehr freundlich zu mir.

Ottos Vater hat in Sindelfingen ein Geschäft für Foto- und Lithographie. Seinen Fotographen- Apparat hat er mitgebracht, um diesen besonderen Tag festzuhalten.

Lange müssen alle stillstehen, damit die Aufnahmen nicht verwackeln und ständig lässt er die ganze Gesellschaft enger zusammenrücken, damit alle auf das Foto passen.

Ich hoffe nur, dass diese ganze Prozedur bald ein Ende hat.

Da steh ich nun an diesem sonnigen Oktober-Tag in meinem weißen Brautkleid an der Seite meines zukünftigen Ehemannes.

Das ganze Dorf ist selbstverständlich gekommen, sei es nun aus Ehrerbietung oder einfach nur aus Neugierde. Frauen, Männer und Kinder, alle stehen sie da, und wie eine undurchdringliche Mauer säumen sie den Weg zur Kirche.

„Es gibt kein Entrinnen mehr!" schießt es mir durch den Kopf, als ich am Arm von Otto diese Ehrenformation entlang schreite.

Die festliche Zeremonie mit Glockengeläut, Gesang und Orgelmusik lasse ich über mich ergehen und gebe mir Mühe, glücklich auszusehen. Meine Eltern sind froh, dass ich endlich eine Beziehung mit dem Segen der Kirche eingegangen bin.

So oft habe ich schon Brautpaare in die Kirche einziehen sehen, und jedes Mal dabei gedacht, das müsse doch der schönste Tag im Leben sein, aber wer weiß, wie sich andere Frauen dabei fühlen.

Nach dem Abschluss der Feierlichkeiten bittet Vater die Gäste: „Schließt euch uns an, wir gehen alle zusammen ins *Rössle!*" Dort gibt es ein bescheidenes Essen, damit sich die Verwandtschaft von außerhalb vor ihrer Abreise etwas stärken kann und sich die Anfahrt doch noch als lohnenswert herausstellt.

Zur Feier des Tages mussten zwei unserer Hühner ihr Leben lassen, aber bei der Hochzeit, der einzigen Tochter möchte man nicht knauserig erscheinen.

Auf dem Tisch neben der Hochzeitstafel wird Ottos Hochzeitsgeschenk präsentiert, damit es jeder bestaunen kann: Ein Kaffeeservice aus Ludwigsburger Porzellan, mit Goldrand und großen, bunten Blumen bemalt. Wo er das nur herbekommen hat, wo es doch nichts mehr zu kaufen gibt? Ich muss allerdings zugeben, es ist wunderschön.

Ansonsten gibt es nur eine kleine Feier, ohne Musik und Tanz. Davon abgesehen, kann ich mir auch nicht vorstellen, dass Otto tanzen kann, so steif wie er sich bewegt.

Mein bisher einziger Tanzabend wird mir immer unvergesslich bleiben.

Gleich am nächsten Tag, nehmen wir den Zug nach Schwenningen, im Schwarzwald. Meine inzwischen doch stattliche Aussteuer reist im Gepäckwagen mit. Sie wurde sorgfältig in Kisten verpackt.

Von der Zollbehörde haben wir eine Wohnung mitten in der Stadt, nahe der Hauptstraße zugewiesen bekommen. Sie liegt in der zweiten Etage in einer langen Reihe von aneinander gebauten Häusern und ist leider nur mit dem Nötigsten ausgestattet.

Außer einem Kohleherd stehen in der Küche noch ein Tisch mit zwei Stühlen. Im Schlafzimmer gibt es zwei Betten mit jeweils einem Nachtschränkchen daneben und einem Waschtisch seitlich an der Wand. Ich versuche die Wohnung, so gut es mit unseren bescheidenen Mitteln geht, hübsch herzurichten und mit Pflanzen auszuschmücken.

Der Blick aus dem Fenster zur Straße ist recht öde, keine Bäume, keine Wiesen weit und breit. An den Häusern gegenüber sieht man nur Reihen von Fenstern. Alle ähneln sich, es gibt nichts Besonderes.

Es stört mich nicht. Das Wichtigste ist doch, endlich dem Dorfleben entronnen zu sein. Dem Gestank der dampfenden Misthaufen vor jedem Haus und einer Dorfgemeischaft, von der ich ständig beobachtet werde und die mich wie in eisernen Fesseln gefangen hält.

In diesen Wänden hier vermischt sich der Geruch von Bohnerwachs mit dem der Mahlzeiten, die hier gekocht wurden. Er hat sich in den Tapeten festgesetzt wie der Duft der Zigarren, die von den Männern in diesen Räumen geraucht wurden. Der Geruch der Stadt, so denke ich.

Einerseits fühle ich mich endlich frei, doch die November-Tage sind grau geworden und mein Leben hat dieselbe Farbe angenommen mit einem Ehemann, der mein Herz nicht berühren kann. Damals in Zürich wirkte die ganze Stadt auch zu dieser Jahreszeit bunt und strahlte Leichtigkeit aus. Ich habe mir so sehr gewünscht, dorthin zurückzukehren, aber nun habe ich eine Pflicht an der Seite meines Mannes zu erfüllen und muss meine Wünsche hintan stellen.

Er tut ja was er kann, um mir ein angenehmes Leben zu bieten. Nur seine mitunter etwas schroffe Art wirkt auf mich befremdlich. Manchmal muss ich mich auch zurechtweisen lassen. „Wie oft muss ich dir eigentlich noch sagen, dass man das Messer in die rechte und die Gabel in die linke Hand nimmt. Konnten dir deine Eltern so etwas nicht beibringen?"

Als Linkshänderin verwechsle ich das immer wieder, obwohl man mir schon in der Schule beigebracht hat, immer die „schöne" Hand zu benutzen.

Ich denke, er meint es gut mit mir und ich muss mich wohl daran gewöhnen. Ich bin ja nur ein Mädchen vom Land und er hilft mir dabei eine Städterin mit guten Manieren zu werden.

Mit den Vorhängen und den Tischdecken, aus meiner Aussteuer und dem Gummibaum, ein Hochzeitsgeschenk einer meiner Schwägerinnen, sieht es jetzt beinahe wohnlich aus. Ich frage mich nur, was ich mit der vielen Zeit anfange, in der ich nichts zu tun habe. Ich fühle mich fremd hier und die Schwarzwälder sind eher verschlossen, deshalb fällt es mir auch nicht leicht, neue Kontakte zu knüpfen und Otto verbringt mehr Zeit in seinem Amt, als bei mir. Wenn ich, wie zu Hause ein Gärtle hätte, könnte ich Gemüse für unseren Bedarf anpflanzen. Hier, in der Stadt muss ich alles auf Lebensmittelmarken einkaufen. So gesehen, hatte das Landleben auch seine Vorteile, hungern mussten wir nie.

Täglich wird alles teurer, aber mehr Geld verdient trotzdem niemand. Nur arbeiten sollen alle länger, damit unsere Waren fürs Ausland billiger werden.

Das haben wir dem verlorenen Krieg zu verdanken. Zuerst nimmt er uns die Männer und jetzt treibt er uns in den Ruin.

„Deutschland hat jetzt einen eigenen Rundfunksender," erzählt mir Otto begeistert und denkt anscheinend über die Anschaffung eines Rundfunkgerätes nach, um Nachrichten oder Musik empfangen zu können.

„Solch einen Luxus können sich allerhöchstens die reichen Fabrikanten leisten, uns fehlen dazu die Mittel," verwirft er den Gedanken sofort wieder.

„Ich weiß nicht mal, wovon ich die Kohlen zum Heizen bezahlen soll! Das Geld reicht vorne und hinten nicht," gebe ich zu bedenken.

Die Scheine sind mittlerweile nicht mal mehr das Papier wert, auf dem sie gedruckt wurden und täglich brauche ich mehr davon, um unseren Unterhalt zu bestreiten. Wenn ich einen Laib Brot kaufen möchte, muss ich, bevor ich das Brot nach Hause tragen kann die Tasche mit Scheinen füllen.

„Pass auf Els, morgen bekomme ich mein Gehalt. Damit gehst du sofort einkaufen und nimmst alles mit, was du bekommen kannst!"

Es ist ja nicht abzusehen, ob die Preise in ein paar Stunden schon wieder gestiegen sind und vor allem, ob es überhaupt noch Waren gibt.

Schon wieder hat man neue Banknoten gedruckt. *100 Milliarden* steht auf jedem der frischen Scheine.

Ich packe die Geldbündel, die mir Otto übergibt in meine Tasche und beeile mich, in nächsten Laden zu kommen, trotzdem hat sich dort davor schon eine lange Schlange gebildet.

Brot, Eier, Mehl und Zucker kann ich ergattern. Butter ist unerschwinglich und Fleisch gibt es schon lange nicht mehr.

Auf dem Rückweg komme ich an leergeräumten Geschäften vorbei. Wahrscheinlich wurden sie von verzweifelten Menschen geplündert, die keinen anderen Weg mehr sahen, um an etwas Essbares zu gelangen.

Ich selbst weiß ja auch nicht, ob das restliche Geld morgen noch Gültigkeit besitzt oder ob es überhaupt noch etwas zu kaufen gibt.

Darüber mache ich mir heute keine Gedanken. Für ein paar Tage haben wir zu essen, dann sieht man weiter. Soll sich Otto drum kümmern, er weiß eigentlich immer einen Rat.

Als Beamten-Gattin, die ich jetzt wohl bin, ist es unschicklich, eine bezahlte Arbeit anzunehmen. Nur Arbeiterfrauen müssen dazuverdienen und, davon abgesehen werden auch keine

Arbeitsplätze mehr angeboten.

Ich kann von Glück sagen, dass Otto eine feste Arbeitsstelle hat, denn auf der Straße wird das Elend von Tag zu Tag sichtbarer. Kinder betteln um ein Stück Brot und sammeln die paar Kohlen ein, die ab und zu von einem Kohlewagen herunterfallen.

Man muss sich nicht wundern, weshalb die Arbeiter auf die Straße gehen und sich auflehnen gegen die Ungerechtigkeit, dass sie immer ärmer und die Fabrikanten immer reicher werden. Eine Gewerkschaft fordern sie, die für ihre Rechte eintritt.

Sogar Frauen werden zu entschlossenen Kämpferinnen. Sie wollen nicht hinnehmen, dass ihr Lohn geringer ausfällt, als der ihrer Männer.

Vom Wohnzimmer-Fenster beobachte ich sie, wie sie unten auf der Straße laut schreiend vorüberziehen, die roten Weiber, die sich wie die Wahnsinnigen gebärden. Die Arbeiterinnen aus den Uhren-Fabriken mit ihren roten Kopftüchern, ihre roten Fahnen schwenkend.

„Gleicher Lohn für gleiche Arbeit!"

Immer und immer wieder brüllen sie wie von Sinnen mit vor Wut verzerrten Gesichtern diesen einen Satz. Niemals hätte ich gedacht, dass sich Frauen so benehmen können. Ich wurde in Bescheidenheit und Zurückhaltung erzogen.

Und dann: *„ Weg mit dem Abtreibungsparagraphen! Wir können nicht noch mehr hungrige Mäuler stopfen!"*

Dieser Protest lässt mich aufhorchen. Sollte das Gesetz tatsächlich geändert werden, wäre ich von meiner schweren Schuld befreit. Aber, egal was kommt, keiner wird je davon erfahren. Dieses Geheimnis nehme ich mit ins Grab.

Endlich, am 27. November, genau einen Monat nach unserer Hochzeit gibt es eine Währungsreform. Wie jeder, setzten auch Otto und ich unsere ganze Hoffnung darin, mit dem neuen Geld besseren Zeiten entgegenzugehen.

Quasi über Nacht gibt es plötzlich wieder Waren in den Schaufenstern. Ich bin unglaublich erleichtert, vor allem, weil ich Otto zu Weihnachten ein ganz besonderes Geschenk machen kann: „Wir bekommen ein Kind. Ich bin schwanger."

In seiner Freude über die Neuigkeit drückt er mich so fest an sich, dass sich meine Korsettstäbe ins Fleisch bohren.

Ich werde es für einige Zeit ablegen müssen, damit mein Kind Platz zum Wachsen hat.

„Ein schöneres Weihnachts-Geschenk hättest du mir nicht machen können!" strahlt er mich an und macht sofort Pläne für unser Kind. „Unser Sohn soll eine gute Ausbildung erhalten! Jetzt, wo es mit der Wirtschaft wieder aufwärts geht können wir ihm eine Zukunft bieten."

Einen Sohn wünscht er sich also. Mir ist es gleichgültig, ob es nun ein Bub oder ein Mädle wird, Hauptsache wir bekommen ein gesundes Kind. Ich freue mich so sehr und dieses Mal darf ich meine Freude sogar zeigen.

Heimlich habe ich mich schon daran gemacht Wickeltücher zu umsäumen und kleine Jäckchen zu häkeln. Otto überrascht mich schon wenige Tage später mit einem Kinderbettchen und einem modernen Kinderwagen. Sogar mit einem Verdeck und großen Rädern. Ich kann es kaum erwarten, ihn auf der Straße zu präsentieren.

Mein Bauch wird immer runder und ich fühle mich wohl und glücklich, sobald ich die ersten Bewegungen spüre.

Blut! Warum kommt plötzlich Blut? Es ist nicht viel, aber ich mache mir große Sorgen, dem Kind könne es nicht gut gehen. Im sechsten Monat dachte ich, sei die kritische Zeit vorbei. Otto holt einen Arzt. Er scheint nicht weniger besorgt zu sein.

„Sie müssen sich unbedingt schonen! Am besten sie bleiben im Bett und machen nur noch leichte Hausarbeiten, sonst droht ihnen eine Frühgeburt. Vielleicht kann sie eine Nachbarin unterstützen," rät der Arzt.

Natürlich werde ich seine Anweisung befolgen, aber verstehen kann ich es nicht so recht. Die Bauersfrauen bei uns auf dem Land haben bis zur Niederkunft auf dem Feld gearbeitet und hatten nur eine kurze Zeit, um sich zu erholen. Bin ich denn etwa schon eine verzärtelte Städterin?

Auf meine Bedenken meint der Arzt:

„Die Bäuerinnen sind tatsächlich kräftiger und harte Arbeit gewohnt, trotzdem haben sie auch oft Fehlgeburten bevor man ihnen etwas ansieht."

Darüber spricht man wohl nicht, zumindest höre ich so etwas zum ersten Mal und er rät mir, gegen Ende der Schwangerschaft ins Bürgerspital nach Stuttgart zu gehen.

Wir möchten kein Risiko eingehen und im Juni begleitet mich Otto nach Stuttgart.

Es ist wieder ein heißer August-Tag, wie damals vor zehn Jahren, an diesem letzten Abend mit Fritz. Plötzlich spüre ich einen stechenden Schmerz, als ob ein Blitz in meinen Rücken gefahren wäre.

„Jetzt darf ihr Kind zur Welt kommen. Es hat noch gut ausgehalten," meint die Hebamme mit ihrer sanften, freundlichen Stimme.

Am 22. August 1924 bringe ich ein gesundes Mädchen mit schwarzen Haaren zur Welt. Die während der Geburt resolut wirkende Hebamme, hält mein Kind sofort an den Beinen hoch und gibt ihm einen Klaps auf den Po. Als hätte sie ihm damit das Leben eingehaucht, stößt es plötzlich einen Mark erschütternden Schrei aus und endlich legt sie mir dieses schreiende Bündel mit vor Anstrengung hochrotem Gesicht in den Arm. Es ist für mich das Schönste, was ich jemals in meinem Leben gesehen habe. Otto hat sich zwar einen Sohn erhofft, aber er lässt es sich nicht anmerken. Wir sind beide überglücklich.

„Ich möchte sie Gerda nennen", schlage ich vor und Otto zeigt sich damit einverstanden.

Der Name klingt ein wenig mondän und damit passe ich mich der neuen Zeit an, in der sich alles so schnell ändert. Nicht nur die Namen, auch die Mode, die Musik, die Tänze. Alles wirkt irgendwie leichter und beschwingter. Endlich können wir dieses Jammertal verlassen und in eine bessere Zukunft blicken.

Voller Stolz fahre ich Gerda in dem neuen Kinderwagen spazieren, und weil ich unbedingt auch mit der Mode gehen möchte, besuche ich zum ersten Mal einen Friseur.

Erwartungsvoll empfange ich Otto, als er aus dem Büro kommt.

"Was hast du denn mit deinen Haaren gemacht?"

„Ich habe mir einen Bubikopf schneiden lassen. Alle Frauen tragen das jetzt, man muss doch mit der Zeit gehen!"

Ist auch praktischer mit dem kleinen Kind, als diese kunstvollen Hochsteckfrisuren, habe ich mir gedacht.

„Wenn du meinst. - Aber wir sollten uns jetzt richtige Möbel anschaffen, damit unser Kind nicht in einer solch ärmlichen Umgebung aufwachsen muss."

Damit bin ich natürlich sofort einverstanden und es stört mich auch nicht sonderlich, dass meine Frisur so wenig Beachtung findet. Ich frage mich nur, ist ein Herrenzimmer die dringlichste Anschaffung? Ein Schreibtisch und einen Aktenschrank lässt er sich anfertigen aus schwerem Holz und schwarz lackiert. Dazu passend bekomme ich immerhin einen achteckigen Esstisch.

Ich bin zuversichtlich, dass wir nach und nach unsere Wohnung komplett ausstatten können. Bis dahin nähe ich für Gerda niedliche Kleidchen und treffe mich mit anderen Frauen zum spazieren gehen. Mit kleinen Kindern findet man immer einen Gesprächsstoff, daher kann ich jetzt endlich Kontakte knüpfen.

Besonders hübsch putze ich Gerda heraus, wenn wir in Sindelfingen zu Besuch sind. Schwiegervater ist so begeistert von seiner Enkelin, dass er nicht genug Bilder machen kann. Wirklich goldig sieht sie aus auf dem kleinen Stühlchen mit der Puppe im Arm. Aus lauter Neugierde schafft sie es sogar stillzusitzen, was ihr sonst ziemlich schwer fällt.

Die Schwiegermutter ist wesentlich zurückhaltender, sie zeigt mir gegenüber immer noch keine Sympathie, das wird sich wohl auch nicht mehr ändern.

„Mutter hat ja drei Söhne, auf die sie mächtig stolz ist. Vielleicht, wenn du auch einen Sohn bekommen könntest, hätte sie mehr Achtung vor dir."

Ich weiß, Otto wünscht sich so sehr einen Sohn, aber ich muss mit einer zweiten Schwangerschaft warten, da ich mich von der ersten noch erholen muss und ich mein Herz nicht zu sehr belasten darf, das wäre gefährlich.

Drei Jahre sind vergangen und ich bin doch wieder in anderen Umständen. Bei dieser Schwangerschaft mache ich vorsichtshalber nur noch leichte Arbeiten. Um kein Risiko einzugehen, holen wir die Hebamme aus Stuttgart, die mir bei der ersten Geburt zur Seite stand. Reisen wäre viel zu anstrengend. Unter dieser guten Betreuung verlaufen die neun Monate absolut unproblematisch. Am 17. Januar 1928 bringe ich daheim in Schwenningen ein gesundes Kind zur Welt.

Die zweite Geburt habe ich ebenfalls gut überstanden, aber Otto äußert auf schwarzwälderisch diesmal seine Enttäuschung. „Schon wieder so eine Maitsch!"
Diese Reaktion empfinde ich schon als eine ziemliche Kränkung, aber mehr durfte ich wahrscheinlich nicht erwarten. Das Wichtigste ist doch, dass wir alle gesund sind!
In den Augen der Schwiegermutter habe ich nun wohl auch jeglichen Respekt eingebüßt.

Wir lassen sie auf den Namen Helga taufen. Sie ist ein stilles Kind, wogegen Gerda einen sehr aufgeweckten Eindruck macht. Beide machen sie mir viel Freude und entwickeln sich prächtig. Ich genieße diese sorglose Zeit mit meinen Kindern. So dürfte es für immer bleiben. Doch so viel Glück ist mir anscheinend nicht vergönnt.

Am 25. Oktober 1929 überschlagen sich die Nachrichten in den Zeitungen:

„Börsenzusammenbruch in Amerika!"

„Deutschland muss Auslandskredite zurückzahlen!"

„Gibt es eine Weltwirtschaftskrise?"

Otto kommt am Abend von seiner Behörde nach Hause. Nachdem er an der Garderobe Hut und Mantel abgelegt hat, empfange ich ihn wie jeden Tag in der Küche beim Kochen, wo er auf dem Stuhl beinahe in sich zusammensinkt.

So niedergeschlagen habe ich ihn noch nie erlebt. Nichts scheint mehr übrig von seiner Selbstsicherheit und seiner militärisch strammen Körperhaltung.

„Meine Stelle wurde gestrichen. Ich bin arbeitslos. Aus der Wohnung müssen wir auch raus, weil sie zum Amt gehört," beichtet er mir.

Die Verzweiflung schlägt wie eine Welle über mir zusammen.

„Man kann uns doch nicht einfach auf die Straße setzen!"

Wo sollen wir bloß hin, mit zwei kleinen Kindern, wo eines dazu noch ein Wickelkind ist!

Otto sieht nur eine Möglichkeit: „Frag' doch bitte deine Eltern, ob wir nicht für einige Zeit bei ihnen wohnen können. Dort gibt es doch Platz genug."

Ich habe mir eine andere Lösung erhofft. Nie wieder wollte ich in Abhängigkeit von den Eltern leben. Auch ist die Stadt mittlerweile mein Zuhause.

Mit Sack und Pack, zwei kleinen Kindern und meinem Ehemann, ziehe ich wieder bei meinen Eltern ein. Die großen Möbel, außer unseren Bettgestellen bringen wir nebenan im leerstehenden Ausdinghaus unter. Dort zieht normalerweise die ältere Generation ein, sobald die jüngere den Hof übernimmt. Es wird wohl niemanden mehr geben, der die Landwirtschaft weiterführt, deshalb wird auch das „Häusle" nicht mehr bewohnt werden. Für eine Familie bietet es mit seinen winzigen Zimmern zu wenig Platz.

Otto gibt sich vom Schicksal nicht so schnell geschlagen und hat schnell wieder zu seiner Haltung gefunden. Noch vor der Räumung unserer Wohnung in Schwenningen machte er eine schriftliche Eingabe beim Hauptzollamt in Stuttgart und ist dort auch persönlich vorstellig geworden. Ich weiß sehr wohl, wie aufbrausend er reagiert, wenn er sich ungerecht behandelt fühlt und befürchte oft, es könnte zu seinem Nachteil sein.

Manchmal gibt es dann doch ein Glück im Unglück. Direkt nach unserem Umzug erreicht ihn ein Schreiben seiner Behörde, dass er eine Stelle beim Zollamt in Reutlingen antreten könne. Sie ist zwar etwas geringer besoldet als die vorige, aber bei der steigenden Arbeitslosigkeit muss man dafür dankbar sein.

Die tägliche Anfahrt mit dem Zug ist lang und oft muss er vom nächsten Bahnhof zu Fuß nach Hause, weil auf unserer Nebenstrecke zu wenig Züge fahren. Er beklagt sich nicht. Für unseren Lebensunterhalt ist gesorgt, obwohl wir mit weniger auskommen müssen als früher und Vaters Landwirtschaft auch nicht mehr so ertragreich ist, so sind wir doch nicht auf der Straße gelandet und hungern muss man auch nicht auf dem Land.

Nur eng ist es halt – auch in den Köpfen. Man hält uns jetzt für etwas Besseres, weil wir aus der Stadt kommen und begegnet uns mit Skepsis, wie allem, was man bisher nicht kannte.

„Stell dir vor," erzählt mir Mutter hinter vorgehaltener Hand, „man munkelt, die Anna vom Aussiedlerhof sei ein Zwitter."

„Ach was?!" gebe ich mich erstaunt.

So genau, weiß ich nicht was damit gemeint ist. Ist das eine Krankheit oder ein Verbrechen? Jedenfalls scheint man der Anna vorsichtshalber etwas aus dem Weg zu gehen.

Eine gewisse Engstirnigkeit stelle ich mittlerweile auch bei Mutter fest. Vielleicht war sie nie anders und ich sehe sie mittlerweile mit anderen Augen.

Nichts darf sich verändern und alles muss bleiben wie es seit jeher war. Meine Kleidung, meine Frisur – alles missfällt ihr.

Überall mischt sie sich ein. Helga darf ich nicht in ihrem Kinderwagen spazieren fahren und soll mich lieber im Haus nützlich machen. Reine Zeitverschwendung sei dies, schließlich sei ich keine feine Dame, die Dienstboten beschäftigt.

Müßiggang wird unter den Augen der Leute hier als Todsünde angesehen, aber heutzutage überlässt man die Kinder nicht mehr sich selbst wie früher, deshalb habe ich Gerda tagsüber auch in der Kleinkinderschule bei Schwester Nane untergebracht. Ihre Diakonissen-Tracht wirkt zwar streng, aber in ihrem freundlichen Gesicht ist immer ein mildes Lächeln. Sie versteht es, die Kinder vom Ort jeden Tag mit neuen Spielen und Liedern zu begeistern.

Es hat etwas Rührendes, wenn Gerda mittags mit ihrem Vesper-Täschchen um den Hals den Weg hinter der Kirche entlang schlendert und dabei aus vollem Halse singt: „Suse, liebe Suse was raschelt im Stroh...

„Die Bärbel von der Post hat mir ein Telegramm überbracht, in dem steht, mein Vater sei tot," teilt mir Otto mit und ich stelle die leider völlig überflüssige Frage:

„Müssen wir zur Beerdigung?"

Völlig unbeeindruckt davon erwidert er, schon allein mit dem Hintergedanken, dass es etwas zu erben geben könnte wird sich die ganze Familie einfinden.

„Ich kenn' doch meine Schwägerinnen, die stürzen sich wie die Geier auf alles, was sie bekommen können."

Bei der Trauerfeier fließen viele Tränen, ob falsche oder echte, das weiß man nicht so genau. Sie sind schnell wieder getrocknet, als man auf den Nachlass zu sprechen kommt.

„Es ist nichts mehr da," verkündet die Schwiegermutter. „Wir mussten die Apparate verkaufen, weil niemand mehr Geld für Fotografien ausgeben konnte."

Alles, was ich euch geben kann, ist ein großes weißes Frotteetuch, das Vater während einer Reise nach Sachsen kaufte. Das könnt ihr haben."

Den Schwägerinnen verschlägt es zum ersten Mal für kurze Zeit die Sprache. Die Enttäuschung ist so groß, dass sie stumm und mit offenem Mund dasitzen.

„Richard ist der Älteste. Wenn einer etwas bekommt, ist er es!" Rosa hat sich schnell wieder gefangen und fordert mit schriller Stimme ihr Recht.

„Du glaubst doch nicht, dass wir auf alles verzichten, Erwin hat dasselbe Anrecht auf eine Erbschaft!" keift Elfriede mit vor Zorn hochrotem Gesicht."

Der Streit will nicht enden. Wie zwei Hyänen kämpfen sie verbissen um ein Badetuch. Dass die sich nicht schämen!Sogar die Schwiegermutter kann dieses Gezeter irgendwann nicht mehr ertragen und beendet den Streit mit einem salomonischen Urteil.

„Wenn ihr euch nicht einigen könnt, dann bekommt halt jeder ein Drittel!"

Sie nimmt eine Schere und schneidet das Tuch in drei gleiche Teile. Enttäuscht ziehen sie mit ihrer Beute von dannen und ich bin froh, dass ich diesem Teil der Verwandtschaft so schnell nicht wieder begegnen muss.

Lithographische Buch- und Steindruckerei von Gottlob Zeile, Sindelfingen

Im früheren Atelier finden wir noch einen großen Stapel Lithographie–Platten mit denen niemand etwas anzufangen weiß.

„Wenn die keiner will, nehme ich sie mit," meldet sich Otto und ist froh, dass seine Brüder mit ihren Frauen nicht mehr da sind, sonst hätten diese dafür auch noch eine Verwendung gefunden. Einzelne dieser schweren Steine hebt er hoch und betrachtet sie von allen Seiten.

„Das sind doch gute, polierte Steinplatten, damit kann ich den Vorplatz am Haus deiner Eltern auslegen."

Ich kann mir vorstellen, dass sie damit einverstanden sind. Bis jetzt ist dort noch kein Belag und es ist immer schlammig, sobald es regnet.

Ich war ja überrascht, festzustellen, dass Otto nicht nur mit Bleistift und Feder umzugehen weiß, sondern auch handwerklich begabt ist. Die Platten sind ganz glatt geschliffen und beinahe weiß. Auf manchen sieht man sogar noch Teile von schwarzen Zeichnungen. Unser Vorplatz sieht mit diesem Belag sehr gepflegt und auch ein wenig künstlerisch aus, was von den Nachbarn selbstverständlich wieder kritisch beäugt wird.

Täglich sehne ich mich nach der Zeit in der Stadt zurück und einem eigenen Heim, in dem ich wieder inmitten unserer schönen Möbel wohnen kann.Arbeitslosengeht es uns doch verhältnismäßig gut. Ich darf mich nicht beschweren, bei sechs Millionen Arbeitslosen.

Wo soll diese politische Chaos mit ständig wechselnden Regierungen nur hinführen?

Nach Ostern 1930 lasse ich Gerda einschulen. Sie ist mit ihren sechs Jahren so wissbegierig und umtriebig, ständig hat sie neue Ideen und ihr kleines, freches Mundwerk läuft ununterbrochen. Otto hätte sich zwar für seine Tochter eine bessere Ausbildung gewünscht, als sie in unserer kleinen Dorfschule erhalten kann, wo in zwei Räumen jeweils vier Klassen unterrichtet werden, aber die nächste größere Schule gibt es erst wieder in Kirchheim.

Helga ist das genaue Gegenteil von ihrer großen Schwester, sie bringt so schnell nichts aus der Ruhe und trottet ihr immer etwas verträumt hinterher. Sie wünscht sich jedoch so sehr, auch endlich in die Kinderschule zur Schwester Nane zu dürfen. Ein Jahr später, mit drei Jahren wird ihr Wunsch endlich erfüllt und mit derselben Begeisterung singt sie dort die altbekannten Kinderlieder.

An einem Abend im März 1932 teilt uns Otto beim Vesper wie beiläufig mit: „Ich werde zum Inspektor befördert und nach Ludwigsburg versetzt. Dort bekommen wir wieder eine Wohnung gestellt."

Plötzlich herrscht allgemeine Stille am gemeinsamen Küchentisch und alle Blicke sind auf ihn gerichtet. Die Kinder spüren, dass sich plötzlich etwas verändert hat und fangen an ungeduldige Fragen zu stellen. Sie begreifen noch nicht, welche Veränderung dies für sie bedeutet. Den Abschied aus ihrer vertrauten, dörflichen Idylle.

Ich muss mich mit diese knappen Aussage begnügen, mehr an Information darf ich von ihm vorerst nicht erwarten. Aber mir genügt die Tatsache, endlich nach drei Jahren raus aus dieser Enge und weg von meiner ständig nörgelnden Mutter. Unser gesamter Hausrat wird zusammen mit uns in eine eigene Wohnung einziehen, in einer richtigen Stadt!

Ich habe das Gefühl, mir wachsen Flügel, so beschwingt macht mich der Gedanke und die Welt erscheint wieder in leuchtenden Farben.

Ludwigsburg

1932

Ist das herrlich!

Das Barockschloss, mitten in der Stadt und davor kunstvoll angelegte Gärten. Ganz ehrfürchtig wird man vor so viel Schönheit.

„Komm jetzt!" treibt mich Otto an, „dir bleibt noch genügend Zeit, um alles eingehend zu bewundern."

Noch ganz hingerissen versuche ich Ottos weit ausholenden Schritten zu folgen.

„Da muss es sein. In dem Gebäude ist unsere Wohnung."

In diesem hässlichen Klotz sollen wir wohnen? Das kann doch nicht wahr sein! Wir sollten doch eine Beamten-Wohnung bekommen!

Ganz vorsichtig traue ich mich zu fragen: „Ist das eine Kaserne?"

„Ja, früher schon. Unsere Bezüge wurden gekürzt, deshalb ist eine teure Wohnung für uns nicht erschwinglich."

Mit dieser Begründung muss ich mich zufrieden geben. Aber etwas später erklärt er mir dann doch, dass der Herzog von Württemberg diese Gebäude einst für seine Garnisonen erbauen ließ und sie danach für lange Zeit leer standen. Wegen der allgemeinen Wohnungsnot werden sie jetzt ausschließlich Beamten zur Verfügung gestellt.

Etwas komfortabler hätte ich mir meine neue Behausung schon gewünscht, aber der dörflichen Enge entflohen zu sein und die Nähe zu Stuttgart trösten mich darüber hinweg.

Zudem scheinen Kinder in diesen Mietskasernen viel Spaß zu haben. Richtig laut und lustig geht es zu. Mit Fahrrädern und Dreirädern durchqueren sie die endlos langen Gänge unter Geschrei und Gelächter. Die Spuren, die sie mit ihren Fahrzeugen und ihren kleinen schmutzigen Händen an den Wänden hinterlassen werden wohl geduldet.

„Aus der Bahn, die Katz' hat Schlittschuh' an!"

Bevor uns ein Dreirad überfährt, machen wir lieber schnell einen Schritt zur Seite.

So viel Frohsinn erfüllt diese Gänge, wo früher Soldaten exerzierten. Daran kann man sich doch nur erfreuen.

Endlich werden meine schönen Möbel aus ihrem Lager geholt. Zusammen mit uns ziehen sie in unser neues Heim.

So gemütlich, wie möglich versuche ich unsere Wohnung zu gestalten und trotzdem, will es in der bedrückenden Atmosphäre innerhalb dieser dicken, alten Mauern nicht so richtig heimelig werden.

„Komm mit uns, Elsa! Wir treffen uns alle im Innenhof zum Stricken oder Nähen. Natürlich wird auch viel geschwätzt und gelacht."

Von den Frauen der vielen Familien, die in diesem weitläufigen Gebäude wohnen, werde ich sehr liebenswürdig aufgenommen und bei unseren gemeinsamen „Damenkränzchen" bringt jeder abwechselnd Kuchen oder Saft mit. Trotzdem fühle ich mich in diesem Kreis fremd und unwohl.

Es sind Frauen aus allen sozialen Schichten und sie bilden eine ziemlich zusammengewürfelte Gesellschaft. Zwar bin ich nur eine einfache Bauerstochter, aber solch lockere Redensarten wie sie dort stattfinden bin ich nicht gewohnt. Ich muss mir sehr viel Mühe geben und so tun, als würde ich ihre Scherze lustig finden, um nicht arrogant zu wirken.

Gern würde ich mir meinen eigenen Bekanntenkreis suchen, deshalb halte ich immer Ausschau nach einer schönen Wohnung in einem richtigen Haus, um diesem alten Gemäuer enfliehen zu können.

Die Kinder fühlen sich natürlich wohl in diesem Gewusel und Gewimmel auf den Gängen der Kaserne. Auch stört sie dieser Lärm nicht, aber sie werden wieder andere Freundinnen finden.

Allerdings merke ich sehr bald, etwas Passendes zu finden ist äußerst problematisch. Niemand drängt uns aus der Kaserne, ich kann mir also Zeit lassen.

Es soll mehr als ein Jahr dauern, bis ich endlich eine geeignete Wohnung für uns entdecke. Im zweiten Geschoss eines Hauses, das in einer ruhigen Gegend und parallel zur Stuttgarter Straße liegt. Also sehr zentral und trotzdem gibt es viel Grün, denn alle umliegenden Häuser besitzen einen kleinen Garten.

Um das Gebäude führt eine kleine Mauer mit einer Einbuchtung neben dem Eingang, in die eine Bank eingelassen ist. Dort kann man auch mal in Ruhe die Abendsonne genießen, freue ich mich.

Soweit möglich, transportieren wir unseren Hausrat und kleinere Möbel mit dem Handwagen von der Kaserne zur Wohnung, es ist ja nicht allzu weit. Aber die großen Stücke, müssen mit einem Lastwagen transportiert werden. Alles ins zweite Obergeschoss zu befördern, ist ein schweres Stück Arbeit.

Seltsam, obwohl mein Rücken schmerzt und mir meine Kurzatmigkeit zu schaffen macht, empfinde ich jeden Umzug als ein Erlebnis. Jeder Ort, jede Wohnung bringt etwas Neues, Interessantes ins Leben.

„Geht nach unten zum Spielen, Kinder! Hier steht ihr mir nur im Weg herum." Ich drücke beiden noch ein Stück Brot in die Hand und hoffe, dass sie sich für die nächsten zwei Stunden selbst beschäftigen können.

Die Möbel sind schon eingeräumt und während ich in der Küche das Geschirr auspacke, sehe ich durch das Fenster, wie sich eine Frau, die rotblonden Haare im Nacken zu einem Knoten gedreht mit meinen Mädchen unterhält. So sind sie wenigstens abgelenkt, denke ich. Hier kennen sie ja noch niemanden.

Am nächsten Tag klingelt es an der Wohnungstür und wie ich öffne, steht diese Frau davor. Was will sie nur von uns?

„Grüß Gott, habe ich sie nicht gestern bei meinen Kindern gesehen?" frage ich sie ganz direkt.

„Grüß Gott!" begrüßt sie mich ebenfalls mit einem strahlenden

Lächeln. „Ich habe die Mädchen hier noch nie gesehen und da bin ich halt ein bisschen neugierig geworden.“

„Wir ziehen gerade erst ein und sind noch fremd hier. Die Beiden haben doch hoffentlich nichts angestellt?“

Ihr breites Grinsen verunsichert mich etwas.

„Aber Els, kennst du mich denn nicht mehr? Ich bin die Rita. Wir waren doch zusammen in der Nähschule.“

„Natürlich, die rote Rita! Entschuldige, aber so haben wir dich immer genannt. Jetzt erkenne ich dich natürlich wieder! So eine Überraschung, dich hier wiederzusehen!“

Meine Freude darüber, hier eine Freundin aus Kindertagen zu treffen kommt aus ganzem Herzen.

„Komm doch herein, dann unterhalten wir uns über die alten Zeiten. Ich mache Pfefferminz-Tee für uns!“

Rita nimmt auf der Bank am Küchentisch Platz. Sobald der Wasserkessel pfeift, nehme ich ihn vom Herd und gieße das kochende Wasser auf die getrockneten Pfefferminz-Blätter in der Teekanne. Währenddessen erzählt sie, wie sie gleich nach dem Abschluss der Nähschule als Hausmädchen in den Dienst einer Familie in Stuttgart gekommen ist.

„Schade, dass wir uns damals aus den Augen verloren haben, aber irgendwann geht jeder seiner Wege,“ füge ich bedauernd hinzu, während ich mich zu ihr an den Tisch setze und den Tee durch ein Sieb in die Tassen einschenke.

„Und wie bist du dann nach Ludwigsburg gekommen?" frage ich Rita und sie erklärt mir, dass ihr Mann bei der Eisenbahn beschäftigt sei und sie mit ihm und ihrer Tochter Edith gegenüber im Eisenbahner-Wohnheim untergebracht sind.

„Meine Edith und deine Gerda sind beide neun, also gleich alt. Deine beiden Kinder habe ich gestern übrigens nur gefragt, was sie denn so alleine auf der Straße machen und da haben sie mir verraten, wer ihr seid."

Nach der langen Trennung sind wir beide neugierig, wie jeder die Zeit inzwischen verbracht hat. Gar nicht mehr aufhören wollen wir zu erzählen. Endlich jemand, der mir vertraut ist und mir mit Interesse zuhört.

Von nun an treffen wir uns fast täglich und verbringen viel Zeit miteinander. Auch unsere Mädchen verstehen sich glücklicherweise und haben sich sofort angefreundet. Das lässt meine Beiden diese lärmende Horde in der Kaserne bald vergessen.

Die Klingel an der Haustüre läutet mal wieder laut und drängend, drei oder vier Mal hintereinander. Würde ich nicht sofort Edith an diesem Zeichen erkennen, müsste ich befürchten, der Weltuntergang stünde uns bevor.

„Kommen Gerda und Helga zum Spielen runter?"

„Du musst noch kurz warten, die sind unten im Laden, kommen aber sofort wieder."

Mit dem Mietbuch und dem Geld für die Miete kann ich sie zum Vermieter in sein Geschäft schicken. Für solch einen Auftrag kann ich ihnen die Verantwortung bereits übertragen.

„Da seid ihr ja! Edith wartet schon auf euch. Habt ihr wieder etwas geschenkt bekommen?"

„Ja, Kekse, die nach Seife schmecken. Wie jedes Mal!"

Die Enttäuschung von Gerda ist nicht zu überhören.

„Die schenkt er uns bloß, weil er sie immer neben die Seife legt und niemand Kekse mit Seifengeschmack kaufen will!" schimpft Gerda

und Helga unterstützt mit ihren fünf Jahren die große Schwester:
„Bäh, so ein Geizhals, soll er doch sein Zeug behalten!"
Dabei nickt sie eifrig mit ihrem akkurat geschnittenen Bubikopf.
Für die Zukunft sollten sie vielleicht lernen, dankend abzulehnen.
„Dann geht jetzt mit Edith spielen!"

Gegen Abend sitzen Rita und ich auf der Bank vor dem Haus und
sehen den Kindern zu, wie sie *Himmel und Hölle* spielen. Sie
hüpfen dabei von einem Feld ins nächste. Die Vorlage dafür haben
sie mit Kreide auf die Straße gezeichnet.
Zwischendurch werden wir voller Stolz aufgefordert: "Guck mal
Mama, was ich schon kann! Auf einem Bein!"
„Ja, schön macht ihr das! Wir sehen euch die ganze Zeit zu."
Diese Stunden beinhalten eine wohltuende Friedlichkeit und im
Rückblick auf die letzten Jahre genieße ich sie mit allen Sinnen.

Im Januar 1933 bekommen wir einen neuen Reichskanzler, den Führer der Nationalsozialistischen deutschen Arbeiterpartei, Adolf Hitler. Ein kleiner Mann aus Österreich mit einer lauten Stimme. Über einen Rundfunk- Empfänger im Schaufenster eines Geschäftes für Elektrogeräte, habe ich ihn reden gehört. Die Leute stehen davor und klatschen vor Begeisterung, wenn er goldene Zeiten prophezeit, mit Arbeit für jedermann, sofern wir uns unserer deutschen Tugenden besinnen. Alles Fremde sei der Feind unserer Volksgemeinschaft, wobei nicht nur Ausländer gemeint sind, sondern auch Kommunisten und Juden.

Bei mittlerweile fünfundzwanzig Millionen Arbeitslosen greift die Armut wieder um sich und jeder setzt nun seine ganzen Hoffnungen in diese eine Partei mit ihrem Kanzler, der uns die heile Welt verspricht, von der alle träumen.

In der Demokratie schien es ja nicht so recht vorwärts zu gehen und vielleicht gelangt man auf diese Weise eher zu Entscheidungen, statt mit einer Vielzahl von Parteien, die sich alle untereinander uneins sind.

Deutsche Tugenden, das bedeutet wohl, wir haben uns einer langen Liste von Vorschriften und Anweisungen unterzuordnen.

Auch sollen wir uns eine Ahnentafel anfertigen lassen, da nur Beamte, die aus rein arischen Familien stammen im Staatsdienst zugelassen werden. So gesehen, ist es von Vorteil, dass bei uns nie weit nach außerhalb geheiratet wurde.

Den neuen Vorschriften leisten wir Folge, denn lieber ordnen wir uns unter, als arm und ohne Arbeit zu sein.

Tatsächlich gehen die Arbeitslosenzahlen zurück, wie man täglich in der Zeitung lesen kann und Deutschland scheint zur Ruhe zu kommen.

Auch soll sich jeder bald ein Auto kaufen können, einen sogenannten *Kraft-durch-Freude-Wagen*, sofern man jeden Monat einen kleinen Betrag anspart. Eine eigene Stadt mit dem Namen *Wolfsburg* hat man extra für die Produktion dieses Autos errichtet, aber erfunden wurde er hier in Stuttgart von Ferdinand Porsche.

Das hätte Fritz gefallen. Ein Auto zu konstruieren war sein Traum.

Zwar verblasst die Erinnerung an ihn, aber manchmal kommen sie halt doch zurück, diese Gedanken.

Für Otto ist endlich sein großer Wunsch in Erfüllung gegangen. Er hat sich einen Radioapparat gekauft. Diese „Volksempfänger", stehen schon fast in jedem Haushalt und sind mittlerweile recht günstig zu kaufen.

„Ich vermute ja, Hitler will mit seinen aufpeitschenden Propaganda-Reden in jede Wohnung dringen. So kann er die Menschen besser erreichen." gebe ich zu bedenken.

Allmählich hat er schon eine regelrechte Euphorie unter der

97

Bevölkerung ausgelöst.

Otto versucht mich abzulenken: „Jetzt kannst du aber auch endlich Musik hören, die im Radio übertragen wird. Davon hast du doch schon immer geträumt."

Gleichzeitig weiht er mich in seinen Plan ein, diesen einfachen Volksempfänger auszubauen, für einen besseren und weiteren Empfang.

Hoffentlich will er nicht versuchen, ausländische Sender zu empfangen, das könnte recht gefährlich werden falls es jemand bemerkt.

„Herr Albrecht in Kornwestheim hat ein Lager mit Holz- und Elektroteilen für Radioempfänger," teilt er mir mit, wo er anscheinend bekommt, was er für seinen Umbau braucht.

„Ich nehme Helga mit, sie kann sich in den Handwagen setzen."

Sehr gut, so sind beide wenigstens die nächsten zwei Stunden beschäftigt. Diese Aufgabe scheint ihn wirklich in Anspruch zu nehmen, denn noch öfter nimmt er den Handwagen und besucht Herrn Albrecht und Helga ist jedes Mal begeistert, wenn sie mit darf. Auf dem Hinweg sitzt sie wie eine Prinzessin in der Kutsche und singt fröhlich vor sich hin. Auf dem Heimweg hat sie es nicht mehr so komfortabel, da legt Otto einige Kleinteile zu ihr in den Wagen und Bretter quer oben drauf, die sie festhält, damit sie nicht wegrutschen.

Irgendwann, nach einigen Ausflügen und er alle Teile, die er benötigt beisammen hat, geht sie ihm beim Zusammenbau des Gerätes zur Hand. Sie gehorcht Ottos Anweisungen, wenn er sagt: „Halt' mal!" oder „Gib mir dies oder jenes rüber!" Für handwerkliche Dinge scheint sie sich zu interessieren und praktisch veranlagt ist sie wohl auch. Das lässt sich mit ihren knapp sechs Jahren durchaus schon erkennen.

Ich freue mich jedes Mal, wenn ich den beiden heimlich zusehen kann, wie sie so einträchtig zusammen arbeiten. Man könnte den Eindruck bekommen, Otto habe seiner Jüngsten verziehen, dass sie nicht als der erhoffte Sohn geboren wurde und er Zuneigung für sie empfindet, obwohl er es mit seiner brummigen Art nicht so recht zeigen kann.

„Ich muss den Radioapparat nur noch an der Wohnzimmerwand befestigen, dann können wir ihn in Betrieb nehmen." meint er nach etlichen Arbeitsstunden.

Ich gehe in der Zwischenzeit lieber aus dem Weg. In der Küche gibt es noch genügend zu tun.

Nach einer halben Stunde dringt ohrenbetäubender Lärm aus dem Wohnzimmer, als ob sich eine ganze Militärkapelle dort versammelt hätte.

Aufgeschreckt stürze ich sofort dorthin, um nachzusehen, was passiert ist.

Ich denke, ich traue meinen Augen nicht, unser neuer

Volksempfänger nimmt die halbe Wohnzimmerwand ein und mit dem gewaltigen Lautsprecher könnte man ein ganzes Stadion beschallen. In einem hellen Rahmen aus Holz sind die Lautsprecher eingebaut und die Regler sind von dunklem Holz umgeben.

Helga steht in ihrer Schürze daneben und ihr kleines, rundes Gesicht strahlt voller Stolz. Otto versucht derweil die Lautstärke auf ein erträgliches Maß zu mindern.

Es schien mir an der Zeit, Helga ebenfalls in der Schule anzumelden. Ein düsteres, unheimliches Gebäude, das mich ein wenig an die Kaserne erinnert, in der wir zuerst wohnten. Aber alle Kinder gehen dort brav zum Unterricht und Helga hat mit ihren sechs Jahren das Schulalter erreicht. Eine Schultüte voller Süßigkeiten und Malstiften im Arm, begleite ich sie am ersten Tag wie alle anderen Mütter zuerst zum Gottesdienst in die Kirche und anschließend zu der kleinen Feier mit einer Ansprache der Schulleitung und Chorgesang der älteren Schüler. Auf diese Art versucht man den kleinen Schulanfängern den Eintritt in ihren neuen Lebensabschnitt zu versüßen, was sie auch freudig annehmen.

Stolz marschiert mein ABC-Schütze am nächsten Morgen mit ihrem ledernen Schulranzen, in dem Schiefertafel und Griffelkasten untergebracht sind an der Hand der großen Schwester los. Seitlich baumeln Schwamm und Lappen und wippen bei jedem Schritt mit. Etwas klein ist sie noch für ihr Alter und man könnte beinahe denken, da läuft ein Schulranzen mit zwei Beinen.

„Der Lehrer hat mich im Klassenzimmer ganz nach hinten gesetzt, in die letzte Schulbank," erklärt sie mir nach dem Unterricht beinahe weinerlich. „Er hat gesagt, ich muss dort sitzen, weil mein Nachnahme mit „Z" anfängt. Aber wenn ich den Finger hochhebe, weil ich etwas sagen möchte sieht er mich gar nicht. Ich werde mich einfach überhaupt nicht mehr melden," und stampft dabei energisch mit dem Fuß auf.

Die Enttäuschung steht ihr ins Gesicht geschrieben und die anfängliche Begeisterung ist dahin. Ich mache mir Gedanken, ob wir mit der Einschulung womöglich zu voreilig waren.

„Ich spreche mal mit deinem Lehrer. Vielleicht kannst du ja mit einem größeren Mädchen den Platz tauschen," tröste ich sie und ernte ein strahlendes Kopfnicken.

Gerda lässt sich nichts gefallen, sie hat weniger Hemmungen und wenn ihr etwas nicht passt, sagt sie es jedem frei heraus.

„Immer soll ich meine kleine Schwester im Schlepptau haben! Die schläft beim Gehen beinahe ein und ich muss sie immer antreiben, damit wir nicht zu spät in die Schule kommen."

Mir ist natürlich bewusst, dass Gerda lieber mit ihren Freundinnen zusammen wäre, aber da sie die Ältere ist hat sie die Verantwortung für die kleine Schwester zu übernehmen. Da dulde ich keine Widerrede.

Bei uns auf dem Land gab es üblicherweise große Familien mit vielen Kindern und dort haben sich immer die Älteren um die Jüngeren gekümmert. In der Stadt sieht man das vielleicht anders, aber früher war nicht alles schlechter als heute.

Otto hätte es ja gerne gesehen, dass Gerda das Gymnasium besucht. Obwohl sie recht aufgeweckt ist und einen intelligenten Eindruck macht, hat sie doch Probleme an der neuen Schule den Anschluss zu finden. Hier wird eben mehr verlangt, als in der Dorfschule wo mehrere Klassen gleichzeitig unterrichtet wurden. Aber so einfallsreich wie sie sich zeigt, wird sie schon ihren Weg finden. Da mache ich mir keine Sorgen.

Sobald sie ihren Schulabschluss hat, wird sie wie alle Mädchen ihr Haushaltsjahr machen und sich auf die Ehe vorbereiten. Von der Partei sind berufstätige Frauen nicht mehr gern gesehen, sie sollen sich allein der Mutterrolle widmen.

„Schon wieder zu den Großeltern aufs Dorf!" kommt es von beiden Mädchen wie aus der Pistole geschossen.

„Alle anderen fahren in die Sommerfrische. Entweder in die Berge oder an einen See. Die Charlotte fährt mit ihren Eltern sogar ans Meer, an die Ostsee," erfahren wir von Gerda und beschwert sich, in ihren Ferien immer mitarbeiten zu müssen.

„Andere wären froh, sie hätten die Möglichkeit aufs Land zu verreisen, da gibt's gute Luft und rote Bäckchen!" Ich versuche so überzeugend wie möglich zu klingen.

Im Herbst während der „Kartoffelferien" helfen wir bei der Apfelernte. Helga sammelt brav die Äpfel, die von den Bäumen gefallen sind, kontrolliert sie nach faulen Stellen und schichtet die Guten in einen Korb. Sie macht einfach, was man ihr anweist. Ihre große Schwester erledigt solche Aufgaben nicht so bereitwillig und geht eher lustlos daran. Wenn sie es sich mal wieder auf dem umgedrehten Apfelkorb gemütlich gemacht hat und Vater sie mit den Worten antreibt: „Auf geht's, Arbeit macht das Leben süß!" entgegnet sie unerschrocken: „...und Faulheit stärkt die Glieder!"

Otto an der Mostpresse

In der Umgebung gibt es mehrere Streuobstwiesen. Eine davon gehört uns und schließt an unsere Äcker an. Zwei lange Reihen von Apfelbäumen sind jedes Jahr abzuernten. Der größte Teil des Obstes, außer dem was wir selbst einlagern wird zur Genossenschaft gefahren und dort zu Saft gepresst. Bis er zu Most vergärt lagert Vater unseren Anteil im Keller in Eichenfässern, die er in seiner Wagnerei gefertigt hat. Otto hilft vorher beim Ausschwefeln der Fässer, damit sich kein Schimmel bilden kann. Er packt überall mit an und scheint es zu genießen, als Ausgleich zu seiner Bürotätigkeit.

Es bleibt mir nicht verborgen, wie Vater die ganze Arbeit in der Landwirtschaft allmählich über den Kopf wächst. Von seinen Ländereien hat er einen Teil bereits verpachtet und den Viehbestand ebenfalls verringert. Da kommt es gerade recht, dass junge Männer neuerdings zum Arbeitsdienst in der Landwirtschaft eingezogen werden. So kommt er an billige Arbeitskräfte und die, für alle wichtige Versorgung bleibt gewährleistet.

Leider muss ich feststellen, dass Mutter zu Hause immer mehr das Regiment führt. Vater fügt sich still. Als er neulich auf dem Markt einem Viehhändler eine Kuh verkauft hat und Mutter das Geld zur Verwahrung gibt, stellt sie beim Nachzählen fest, dass ein alter, ungültiger Zwanzig Mark Schein dazwischen liegt. „Hat dich der Viehjud' mal wieder übers Ohr gehauen?"

Unverzüglich schickt sie Vater zurück zum Markt, damit er den betrügerischen Händler noch stellen kann. Anscheinend lachte der nur und wollte den Fehlbetrag teilen. Mutter wäre mit dieser Entscheidung auf keinen Fall einverstanden gewesen, deshalb bestand er lieber auf den vollen Betrag.

Hier, in Ötlingen scheint die Zeit stehengeblieben zu sein. Man arbeitet noch wie vor dem Krieg. Auf der Straße trifft man fast nur Pferde-Fuhrwerke an. Autos oder Maschinen zur

Arbeitserleichterung sieht man selten. Deshalb zieht es viele in die Stadt, wo sie mehr Arbeit und ein moderneres Leben vermuten. Dabei soll ganz in der Nähe unseres Dorfes eine breite Autobahn gebaut werden. Direkt an einem unserer Äcker. Zusammen mit Otto sehe ich mir aus einiger Entfernung an, was dort entstehen soll. Eine große Zahl von Arbeitern ist dabei, mit Spitzhacken den Untergrund für die neue Straße zu schaffen.

„Mit diesem Projekt sorgt Hitler für sehr viele neue Arbeitsplätze," klärt mich Otto auf. „Diese Autobahnen sollen sich durch ganz Deutschland ziehen."

Ich könnte mir vorstellen, dass Ötlingen auch davon profitiert wenn diese Straße fertig ist. Vielleicht wird es ja durch den vorbeifließenden Verkehr endlich ein wenig moderner. Möglicherweise verirren sich sogar ein paar Reisende hierher.

Dagegen hat sich in Kirchheim sehr viel verändert. Die größte Straße wurde in Adolf-Hitler-Ring umbenannt und das Kaufhaus *Bernstein* trägt auch einen neuen Namen. Mutter geht schon lange nicht mehr zu den Leuten, um ihre landwirtschaftlichen Erzeugnisse anzubieten. Die Kunden kommen inzwischen auf den Hof. Inzwischen sieht man auch viele Autos auf den Straßen und ganz neue Geschäfte.

Mit meinen Mädchen mache ich einen Besuch bei der Verwandtschaft, dem Ehepaar Betz. Man hat sich schon seit einer halben Ewigkeit nicht mehr gesehen. Alt sind sie inzwischen geworden und freuen sich sehr, meine Kinder zu sehen.

Ihr Geschäft mit Leder-Teilen haben sie schon lange vermietet. Dort werden jetzt Haushalts-Artikel verkauft.

Gerda und Helga ziehen mich bald wieder heim. Sie langweilen sich hier, in dieser kleinen Provinz-Stadt. Aus ihnen sind in Ludwigsburg richtige Stadtkinder geworden. Ich kann sie gut verstehen, es geht mir doch genau so.

Nach zehn Tagen sind wir endlich wieder zu Hause in Ludwigsburg. Das zweite Schulhalbjahr hat begonnen.

„Alle Kinder in der Schule sind jetzt in der Hitler-Jugend,“ verkünden mir beide Töchter gleichzeitig mit vor Begeisterung weit aufgerissenen Augen schon nach dem ersten Schultag.

„Das Beste daran ist, wir bekommen eine ganz flotte Uniform: Einen blauen Faltenrock und eine „Berchtesgadener Jäckchen!“ fügt Gerda gleich hinzu.

„ … und was gibt es da sonst noch, außer einer flotten Uniform?“ möchte ich noch wissen. Gerda klärt mich sofort auf: „Wir werden in verschieden Gruppen eingeteilt und nach der Schule und samstags organisieren ältere Buben und Mädchen ein Programm mit Spielen oder Singen.“

Naja, wo sie mit solch einer Begeisterung bei der Sache sind, darf ich nichts dagegen haben. Vielleicht sind sie dort ganz gut aufgehoben.

Schwarz, mit roter und grüner Einfassung sind die gestrickten Jäckchen und in der Taille ist eine Kordel durchgezogen. Ich muss zugeben, sie sehen darin wirklich adrett aus.

Helga hat seit kurzem einen kleinen Trompeter als Freund. Wie alle Buben wurde er mit Hose und Hemd samt Krawatte ausstaffiert. Sie ähneln so schon ziemlich Hitlers SA-Leuten mit ihren braunen Uniformen, die nur zusätzlich das Hakenkreuz auf ihrer Armbinde tragen. Diese Uniformen machen mir Angst und sie erinnern mich an den Krieg. Nie wieder wollte ich Uniformen sehen. Die Menschen verändern sich darin, sie fühlen sich stärker und mächtiger.

Der kleine Trompeter, gefallen am 5. März 1944

Neulich hat mitten in der Stadt, an der Stuttgarter Straße solch ein Braunhemd auf einen Mann mit seinem Knüppel eingeschlagen. Ich konnte nicht hinsehen und habe mich lieber etwas ferngehalten.

„Was hat er denn verbrochen?" fragte ich einen Mann in meiner Nähe.

„Muss nicht unbedingt ein Verbrecher sein. Kommunist oder Jude reicht schon." antwortete der kurz und knapp.

Im März 1935 wird der Besuch Hitlers in Stuttgart angekündigt.

„Unsere Behörde schreibt vor, dass sich die Familien die Parade ansehen." Otto sagt dies mit so viel Bestimmtheit, und damit kein schlechtes Licht auf ihn fällt und er keine Schwierigkeiten bekommt, muss ich mich wohl fügen, obwohl diese Aufmärsche mit ihren Menschenmassen und den aufpeitschenden Reden beängstigend auf mich wirken.

Also nehme ich am Morgen zusammen mit meinen zwei kleinen Kindern den Zug nach Stuttgart. Vorsichtshalber packe ich noch Brote ein und Apfelsaft in der Bügelflasche aus Aluminium, man weiß nie, wie lange solch eine Veranstaltung dauert.

„Sehen wir den Hitler? Wir haben extra schulfrei bekommen, die anderen Kinder gehen auch hin."

„Natürlich werden wir ihn sehen und ihr müsst gut aufpassen, das ist ein historisches Ereignis. Sicherlich werdet ihr in der Schule einen Aufsatz darüber schreiben."

Es gibt keine Parade. Die vielen Menschen drängen zum Hospiz Viktoria in der Friedrichstraße, wo der Führer angeblich abgestiegen ist. Nichts verläuft geordnet. Ich nehme meine Mädchen fest an der Hand und passe auf, dass ich sie nicht verliere.

In den Straßen, an jedem Haus und fast an jedem Fenster wehen Hakenkreuz-Fahnen. Warum muss ich nur dorthin? Wenn es wenigstens eine richtige Parade gäbe, dann würde nicht solch eine Durcheinander entstehen. Von weitem hört man schon im immer gleichen Rhythmus, die begeisterten Rufe: „Heil, heil!"

Ganze Schulklassen sind geschlossen dorthin gepilgert, wo der Führer erwartet wird. Alles jubelt und vor allem Frauen geraten regelrecht in Verzückung, in der Hoffnung IHN endlich sehen zu dürfen.

Ich halte mich etwas abseits und plötzlich ertönt ein Aufschrei in der Menge: „Der Führer, am Fenster!" Die Heils-Rufe schwellen noch mehr an und ich recke meinen Arm wie alle anderen zum Hitler-Gruß.

Gerda und Helga scheinen ganz begeistert von diesem Spektakel und lassen sich von der allgemeinen Euphorie anstecken. „Mama, wo ist der Führer, ich kann ihn nicht sehen!" jammert Helga und ich nehme sie kurz auf den Arm, obwohl sie schon ganz schön schwer geworden ist.

Beide strecken sie ihre Ärmchen in die Luft zum Gruß und fallen in die Heils-Rufe mit ein.

Der Führer verschwindet wieder hinter seinem Fenster und schließt die Gardinen und ich bin meiner Pflicht nachgekommen und darf die Heimreise antreten.

In der Zeitung zeigt man ständig Bilder von großen Paraden mit prächtigen Limousinen und Militärmusik. Stuttgart scheint nicht wichtig genug zu sein.

Elsa mit ihren Töchtern im Park

„Ich habe Karten.“

„Was denn für Karten?“ Man muss Otto auch immer alles aus der Nase ziehen.

„Für die Oper in Stuttgart. Lohengrin.“

„Ist das wirklich wahr?“

„Manchmal gibt es für Mitarbeiter eine Auszeichnung."

Ich will nicht wissen, wofür er die Auszeichnung erhalten hat, ich bin auf jeden Fall ganz außer mir vor Freude. *Lohengrin* ist doch ein Teil meines Schicksals.

Es ist Wirklichkeit geworden. Ich bin in der Oper, in diesem Tempel, der ganz großen Musik. Ein Ort voller Magie und Zauber. Mein schönstes Kleid und meinen besten Hut habe ich ausgewählt und trotzdem kann ich mit den Damen, die in diesem prachtvollen

Bau im Foyer erscheinen bei weitem nicht konkurrieren. Strassbesetzte Kleider, Pelze, Federn und teurer Schmuck. An der Decke funkeln Kronleuchter aus Kristall, schwere dunkelrote Samtvorhänge rahmen die raumhohen Fenster ein und überall glänzt Gold. Das ist die Welt, von der ich immer geträumt habe, doch die Wirklichkeit übertrifft noch meine Vorstellungen.

Zwar haben wir nur Karten für die billigsten Plätze, ganz oben in der „Zwetschgendarre" bekommen, wo es ziemlich heiß ist, aber das schmälert meine Begeisterung in keiner Weise. Von dort oben kann auf die ganze Pracht blicken.

Es wird dunkel, und das Publikum beginnt zu applaudieren. Der Dirigent betritt den Orchestergraben und verneigt sich. Er erhebt seinen Taktstock, die Musiker setzen ein und beginnen die Overtüre zu spielen.

Eine Musik, so monumental und gewaltig, sie erfüllt den ganzen Raum wie ein Mysterium. Sie erfasst mich, lässt mich in einem Klangrausch entschweben und trägt mich fort.

Der Vorhang öffnet sich und es erscheint eine geheimnisvolle Landschaft am Fluss. Der hinterlistige Telramund erhebt seine Stimme in einem vollen Bariton. Elsa singt mit ihrem wundervollen Sopran, und zwischendurch immer wieder dieser grandiose Chor.

Dann endlich erscheint Lohengrin in silbrig glänzender Rüstung auf dem Fluss, in einem Nachen, der von einem Schwan gezogen wird. Kein echter Schwan selbstverständlich und er ruckelt ein wenig, was jedoch den Musikgenuss nicht schmälert.

Er ist der Ritter, der Elsa im Traum erschienen ist und sie verliebt sich sogleich unsterblich in ihn. In seiner Arie stellt er die Bedingung, die mir bereits so gut bekannt ist:

„ Nie sollst du mich befragen,
noch Wissens Sorge tragen,
woher ich kam der Fahrt,
noch wie mein Nam' und Art !"

Mir kommen beinahe die Tränen, weil es mich an mein eigenes Schicksal erinnert.
Im letzten Akt zerstört Elsa ihr Glück durch ihre Neugierde und am Ende liegt sie entseelt am Boden.
Der Vorhang schließt sich, die Lichter der Kronleuchter gehen an und das Publikum verfällt in frenetischen Beifall.
„Bravo, Bravo!" falle ich in die Rufe mit ein.

Die Sänger verneigen sich auf der Bühne. Aus dem Parkett werden

Elsa Blumen zugeworfen. Nachdem sich der Vorhang geschlossen hat schwillt der Beifall erneut an und die Sänger verneigen sich noch etliche Male nach dem Öffnen des Vorhangs.

Bis die Zuschauer müde vom Klatschen geworden sind und den Ausgängen entgegen strömen.

Otto holt die Mäntel von der Garderobe. An seinem Arm verlasse ich über die breite Treppe zum Schlossgarten das Opernhaus. Am klaren Himmel strahlen die Sterne. Alles ist perfekt an diesem wunderbaren Abend im Mai. Vor fünf Tagen hatte ich Geburtstag, 37 bin ich geworden und vielleicht war dieser Opernbesuch mein Geschenk von Otto. In Solchen Dingen ist er etwas ungeschickt und linkisch.

Nur ein paar Schritte sind durch den Schlossgarten zum Bahnhof zu gehen, wo bereits der Zug wartet mit dem wir wieder zurück nach Ludwigsburg fahren.

Noch getragen von diesem Ereignis sinniere ich vor mich hin:

„Jetzt kann ich verstehen, warum im Radio so oft Wagner-Musik gespielt wird, sie eignet sich bestens als Untermalung für Hitlers Propaganda-Reden."

Vielleicht lässt sich dieses Ereignis irgendwann wiederholen, denke ich mir. Wagner-Opern stehen in Zukunft sicher häufiger auf dem Spielplan. Der Führer ist ja ein großer Verehrer dieser Musik. Otto erklärt mir:

„Laut unseres Propaganda-Ministers Goebbels dürfen nur noch

deutsche Komponisten gespielt werden. Alle nicht arischen Dirigenten und Sänger wurden bereits entlassen."

Ich finde das ungeheuerlich. Solch ein großer Verlust lässt sich doch nie mehr ausgleichen, aber laut äußere solche Gedanken lieber nicht.

„Viele jüdische Künstler sind schon vorher ausgewandert," meint Otto.

Heute möchte ich nicht darüber nachdenken. Diese Musik ließ mich schweben und sie soll noch in mir nachwirken. Für immer will ich sie in mir tragen.

Schwäbisch Hall

1936

„Ich bin zum Zollinspektor befördert worden und werde nach Schwäbisch Hall versetzt." eröffnet uns Otto beim Abendessen. „Dort bekomme ich eine Beamtenwohnung zugewiesen."

Gerda stellt ihre Teetasse zurück auf den Tisch und Helga hört auf, in ihrer Grießsuppe zu löffeln. Es herrscht betretene Stille. Die Mädchen ziehen lange Gesichter.

„Warum können wir denn nicht in Ludwigsburg bleiben? Unsere Freundinnen sind doch alle hier. Wo liegt denn Schwäbisch Hall überhaupt?"

„Es liegt circa achtzig Kilometer von hier entfernt im Hohenlohischen," klärt sie Otto mit ernstem Gesicht auf, was bedeutet, dass eine weitere Diskussion nicht angebracht ist.

Ich äußere mich nicht dazu, weil mir klar ist, dass sein Beruf mit Ortswechseln verbunden ist. Trotzdem gehen mir verschiedene Gedanken durch den Kopf: Wie lange wird es dauern bis sich die Kinder in einer neuen Stadt und einer neuen Schule eingelebt haben? Bei Gerda mache ich mir weniger Sorgen, aber Helga wird sich schwer tun. Ich selbst werde auch meine liebe Freundin Rita zurücklassen müssen.

Doch irgendwie scheine ich unruhiges Blut zu haben, da ich solche Gedanken sofort wieder wegwische und mir überlege, wie ich den nächsten Umzug meistere. Ich bin nämlich gespannt auf die neue Stadt und neue Eindrücke.

Am darauffolgenden Wochenende unternehmen wir einen Ausflug nach Schwäbisch-Hall, um unser neues Zuhause kennen zu lernen.

Ich bin sehr angetan von dieser mittelalterlichen Stadt, die sich über mehrere Hügel malerisch in die Landschaft einfügt.

„Ist das nicht schön hier? Die vielen Fachwerkhäuser und dazwischen schlängelt sich der Kocher, das sieht doch aus, wie gemalt!"

„Ja, aber drumherum gibt es nur Felder und Bauernhöfe, wie bei den Großeltern," mault Gerda mal wieder.

Ich setze ihr sofort entgegen: "Das hat eventuell den Vorteil, dass die Lebensmittelversorgung nicht so eingeschränkt ist, wie in der Stadt."

Unsere neue Wohnung befindet sich im ersten Obergeschoss eines Eckhauses an der Heimbacher Gasse und der Stuttgarter Straße.

„Da haben wir aber Glück, dass uns deine Behörde nicht wieder in einer Kaserne einquartiert." Meine schnippische Bemerkung wird großzügig überhört.

Schwäbisch-Hall am Kocher

Die neuen Räumlichkeiten werden von mir genauestens inspiziert und ich stelle sofort fest, dass in der verglasten Veranda, die zur Straße hin angebaut ist, meine Pflanzen sicherlich wunderbar gedeihen werden.

Im Erdgeschoss wohnt der Hausbesitzer, ein Bauunternehmer. Unter einem großen überdachten Platz, neben dem Haus lagert er Baumaterial und stellt seine Autos unter, was sich bei Regenwetter als geeigneter Spielplatz für die Kinder anbieten könnte.

„So, jetzt haben wir uns alle davon überzeugt, dass man uns eine anständige Wohnung bereitstellt, dann kann's ja mit dem Packen losgehen." muntere ich meine Familie auf als wir wieder zu Hause sind.

Während Otto sich mit mir in unserem neuen Zuhause einrichtet, sind Gerda und Helga dabei, auf der Straße neue Kontakte zu knüpfen. Bei Kindern geht das schnell und ich erfahre auf diese Weise auch sofort das Nötigste.

„Wir müssen auf dem Schulbuckel in die Schule!" werde ich von meinen Mädchen informiert.

Sobald man die Brücke über den Kocher überquert hat, steigt die Straße tatsächlich ziemlich an, über den Marktplatz, vorbei an der Sankt Michaelskirche bis man die Volksschule und daneben das Gymnasium erreicht. Die Schulen thronen auf einem der Hügel über der Stadt. Fußkrank darf man also nicht werden.

Gerda soll in die siebte Klasse und Helga in die dritte. Beide gehen weiterhin in die Volksschule.

Wie erwartet, hat Helga wieder Schwierigkeiten, sich einzugewöhnen. Die vielen fremden Gesichter in einer Umgebung, die ihr durch die bedrückende Atmosphäre zwangsweise Unbehagen einflößen muss. Dazu behindert sie noch ihre Schüchternheit, mit der sie sich selbst im Weg steht.

„Ich kann heute nicht in die Schule gehen!"

„Warum denn?"

„Ich habe ganz schlimm Bauchweh."

„Dann bleibst du halt heute mal zu Hause."

Am nächsten Morgen wieder: „Ich bin immer noch nicht gesund, ich kann noch nicht in die Schule."

Vielleicht hat sie wirklich eine Krankheit, die man nicht bemerkt. Mir bleibt nichts übrig, als abzuwarten, bis es ihr besser geht. Aber als sie am nächsten Morgen wieder meint, sie sei noch nicht gesund, kommt es mir doch langsam spanisch vor.

„Sag' mal, was ist denn das für eine Krankheit, die sich vor mir versteckt? Oder hast du etwas auf dem Herzen, was du nicht erzählen willst."

Ich setze mein leidendes Kind auf den Schoß und nehme sie in den Arm. Dabei fühle ich, wie sie innerlich mit sich kämpft, aber dann doch weinerlich damit herausrückt, was sie quält.

„Der Lehrer hat mir eine Ohrfeige verpasst, weil er dachte ich hätte beim Diktat abgeschrieben. Dabei war ich schon fertig und habe mich nur in dem fremden Klassenzimmer umgesehen!" gibt sie endlich schluchzend zu.

„Du musst nicht mehr weinen, den werd' ich mir mal vorknöpfen", versuche ich sie zu beruhigen.

Ausgerechnet meine Helga, die viel zu ängstlich ist, um etwas Verbotenes zu tun. Ich werde sofort in die Schule gehen und um eine Unterredung bitten, um ihn darüber aufzuklären, dass seine Handlung absolut unangebracht war.

Dieses mächtige Gebäude, mit seinen hohen Räumen, den großen Türen und breiten Treppen wirkt selbst auf mich einschüchternd, wie mag es da einem kleinen Mädchen gehen. Das kommt sich hier doch völlig verloren vor.

Hier im ersten Stock, das muss das Klassenzimmer sein. Ich klopfe an die Holztüre und nachdem eine tiefe Stimme in einem zackigen Kommando-Ton „Herein" ruft betrete ich den Raum mit zwei Reihen von jeweils sieben Schulbänken.

Hinter dem Lehrerpult sitzt ein älterer grauhaariger Herr mit Spitzbart und schmalem, kantigem Gesicht und bietet mir gegenüber von sich einen Stuhl an. Mit soviel Selbstsicherheit, wie ich aufbringen kann versuche ich ihn zur Rede zu stellen und erkläre ihm, seine unangemessene Ohrfeige sei der Grund dafür, dass Helga nicht mehr zur Schule gehen will.

„Es tut mir sehr leid, sollte ich mich in diesem Fall getäuscht haben, aber sie müssen auch verstehen, dass Vergehen gegen die Schulordnung bestraft werden müssen," entschuldigt er sich, ohne dass ich das Gefühl habe, er würde den Vorfall wirklich bedauern. Mit seinen graublauen Augen sieht er mich müde an, als hätte er an unserem Gespräch keinerlei Interesse. Helga soll ich ausrichten, sie solle doch wieder zur Schule gehen und er entschuldige sich, falls er ihr Unrecht getan habe.

Da er Ohrfeigen angeblich großzügig verteilt, ist wirkliche Reue an dieser Stelle eher nicht zu erwarten aber ich hoffe doch, dass meine Unterredung einen nachhaltigen Eindruck hinterlassen hat.

Immerhin kann ich Helga wieder dazu bewegen, in die Schule zu gehen. Wenige Tage später erfahre ich: „Der Lehrer ist auf einmal ganz nett zu mir. Er nimmt mich immer auf den Schoß und reibt seinen grässlichen Bart an meiner Backe."

„Vielleicht tut es ihm leid, dass er dich geschlagen hat."

„Ich mag aber nicht auf seinem Schoß sitzen und seinen Bart mag ich auch nicht!"

Ich werde mich nicht noch einmal beschweren, solange er ihr nicht weh tut. Vielleicht lenkt er seine Aufmerksamkeit bald auf ein anderes Mädchen.

Kinder vergessen schnell und lassen sich sich leicht ablenken, denn im nächsten Moment erzählt sie mir strahlend, sie habe jetzt eine Freundin und die wohne genau gegenüber im Gasthaus *Zum Straußen*, welches ihren Eltern gehört.

„Ich habe sie gefragt, ob wir am Sonntag zusammen spielen, aber da muss sie beim Bedienen helfen. Wenn ich möchte, hat sie gemeint, darf ich auch bedienen. Darf ich, Mama?"

„Geh nur, aber nur bis zum Abendessen. Dann bist du wieder zurück!"

Da kommt sie wenigstens unter die Leute, das kann nicht schaden. Sonntags ist die Wirtsstube ohnehin nicht so gut besucht, wie ich schon mitbekommen habe. Die wenigsten Familien können sich noch ein Essen im Gasthaus leisten, nur die Männer treffen sich sonntags manchmal auf ein Bier.

Richtig Hochbetrieb herrscht dort mittwochs, am Markttag, wenn die Bauern ihre Erzeugnisse und ihr Vieh verkauft haben und sich mit einem kräftigen Vesper und einem Schwäbisch-Haller Bier stärken, bevor sie den Heimweg antreten. Danach holen sie wieder ihre Fuhrwerke, von der anderen Straßenseite. Das große Fachwerkhaus auf den mächtigen Stützen, eignet sich als sicherer Unterstand für die Wagen während ihrer Einkehr.

Viele Kinder müssen ihren Eltern helfen, oder etwas dazuverdienen. Den Meinen scheint noch nicht aufgefallen zu

sein, wie gut sie es haben, andererseits würde ich auch nicht wünschen, dass wir auf ihre Hilfe angewiesen sind.

Doch neulich erzählen sie mir ganz ungläubig: „Im Hinterhaus wohnt eine ganz arme Familie und die Elfriede, ihr Kind, mit der haben wir auch schon Verstecken gespielt, die geht samstags ins Haus gegenüber zu den Juden und macht dort das Licht aus und an. Bei denen heißt der Tag Sabbat und wegen ihrer Religion dürfen die da überhaupt gar nichts tun. Die Elfriede bekommt dafür immer ein paar Pfennige."

Ich dachte mir schon, dass dort Juden wohnen. Sehr feine Leute sind das, mit einem sechsjährigen Töchterchen, ein ganz außergewöhnlich hübsches Kind mit dunklen Locken.

Schon oft habe ich abends die schweren Kristall-Leuchter bewundert, die man durchs Fenster strahlen sieht.

Diese Leute entsprechen so gar nicht dem Bild, das der *Stürmer* vom jüdischen Untermenschen zeichnet. Überall in den Schaukästen wird dieses Blatt ausgehängt und zeigt eine hässlich Fratze, so wie man sich den Juden vorzustellen hat.

Etwas verwundert bin ich schon, dass die Elfriede bei ihnen ein- und ausgeht, denn uns gibt Otto die strenge Anweisung:

„Hört mir ganz genau zu: Ich verbiete euch strikt jeglichen Kontakt zu Juden aufzunehmen. Falls ihr diese Anordnung nicht befolgt, bin ich meinen Beamten-Status los und werde gekündigt und das ist noch das Geringste, was uns geschehen kann!"

Man hört tatsächlich immer wieder von Verhaftungen und öffentlichen Demütigungen von Personen, die sich mit Juden eingelassen haben. Es ist besser, sich von ihnen fernzuhalten.

Trotzdem kann ich nicht verstehen, dass jüdische Kinder keine deutschen Schulen mehr besuchen dürfen, es ist verboten, Ärzte und Rechtsanwälte aufzusuchen und jüdische Geschäfte sollen wir auch meiden, dabei haben sie die schönsten Waren.

Man will uns weiß machen, sie würden unser Geld stehlen und seien die Feinde unserer Volksgemeinschaft. Für alles braucht man halt einen Sündenbock. Ich habe das Gefühl, da kommt nichts Gutes auf uns zu.

Im „Völkischen Beobachter", der einzigen Tageszeitung, dafür von solch riesigem Ausmaß, dass sie unseren ganzen Esstisch einnimmt, werden wir täglich eingeschüchtert mit Androhungen von Strafen bei Zuwiderhandlung.

Manche nehmen die Drohungen nicht ernst, oder sie habe den Mut, sich nicht einschüchtern lassen.

Wie der Fisch-Händler auf dem Wochenmarkt neulich, der lautstark versuchte seine Ware anzupreisen mit dem Ausruf: "Hering, so fett wie Göhring!"

Alle fielen in ein Gelächter ein über den Vergleich, den er über unseren Luftwaffen-General anstellte, blieben aber in einiger Entfernung stehen, um nicht in den Verdacht zu geraten, durch diese Werbung zum Kauf animiert zu werden. Jeder weiß, dass Göhring keinen Spaß versteht und sofort seine braunen Schergen schickt.

Der Händler wurde vom nächsten Tag an nicht mehr gesehen.

Marktplatz mit der großen Treppe. Aufführungsort des „Jedermann".

„Je-der-maann!

Düster und langgezogen hallt der Ruf durch die Nacht. Er will uns erinnern, ob arm oder reich, der Tod kommt ausnahmslos zu jedem.

Unheimlich dringt diese schaurige Ankündigung allabendlich bis zu unserer Wohnung herüber. Obwohl nur ein Schauspiel, das in den Sommermonaten auf den 54 Stufen der Kirche *Sankt Michael* aufgeführt wird, möchte ich trotzdem nicht ständig an mein Ende erinnert werden.

Von weit her kommen jedes Jahr die Besucher, um sich dieses Spektakel anzusehen. Auf dem Marktplatz vor der Kirche werden Stühle aufgestellt, damit man den langen Abend bequem übersteht.

Die Zugänge zum Platz sind mit großen Vorhängen abgesperrt und eingelassen wird nur, wer vorher Eintritt bezahlt hat.

Da dies hier im weiteren Umkreis das größte kulturelle Ereignis darstellt und Stuttgart mit seinem Opernhaus zu weit entfernt liegt, sehen wir uns die Aufführung natürlich auch an, damit wir eine Vorstellung davon bekommen, in welcher Handlung dieser grausige Ruf ertönt.

Schaurig schön wirkt die nächtliche Kulisse.

Kirche St. Michael

Hoch über den Stufen wird die Kirche von Scheinwerfern angestrahlt und die Treppe dient den Schauspielern als Bühne. Kein Dach begrenzt den Raum, nur der Himmel ist über uns. Dies verleiht dem Zuschauer das Gefühl, in die Handlung einbezogen zu werden und die Dramatik zu spüren, wenn der Tod mit seiner Sense auf den obersten Stufen erscheint, mit einem menschlichen Skelett auf seinem Schwarzen Umhang wo er den Jedermann ruft, um ihn mit in sein Reich zu führen.

Dort tritt er allein vor des letzte Gericht, dieser geizige und hartherzige Mensch und nichts von seinem Geld und Besitz kann er mit hinübernehmen.

Die Gestalt des Todes soll an das Gewissen eines Jeden appellieren, von seinem irdischen Besitz zu Lebzeiten an Bedürftige abzugeben.

„Ich möchte jetzt nicht behaupten, dass es mir in Schwäbisch Hall nicht gefällt," wage ich eine vorsichtige Bemerkung, "aber etwas abgelegen wohnen wir hier schon. Wie lange müssen wir denn noch sparen, bis wir endlich ein Auto bekommen?"

„Ich fürchte, das dauert noch ziemlich lange. Eigentlich möchte ich auch nicht mehr warten, vielleicht gibt es noch eine andere Möglichkeit, schneller an ein Auto zu kommen."

Kaum eine Woche später überrascht uns Otto schon mit der Feststellung: „Ich habe ein Auto!"

Es ist zwar nur ein schon älterer DKW, der ihm von seiner Behörde zur Verfügung gestellt wird, doch sei er in gutem Zustand. Nach einer Eingabe mit der Begründung, es gäbe ihm die Möglichkeit, die Brennereien in der Umgebung zu kontrollieren, kam er in den Besitz dieses Autos.

„Ich muss nur noch eine Fahr-Lizenz erwerben. Mit dem Ingenieur habe ich bereits einen Termin vereinbart."

Auf dem Schulhof will er das Fahren lernen, hat er gesagt. Wie man ein Auto bedient, würde mich schon auch interessieren und es fällt mir wieder einmal schwer meine Neugierde zu zügeln.

Nicht ganz zufällig muss ich dort in der Nähe vorbei und kann so heimlich aus der Ferne zusehen. Das ist also unser Auto. Die Farbe schwankt zwischen grau und beige. Zwischen den zwei ausladenden vorderen Kotflügeln befindet sich ein imposanter Kühlergrill.

Erkennen kann ich, dass Otto am Steuer sitzt und neben ihm, das ist wohl der Fahrlehrer. Sie drehen ihre Runden zuerst auf dem Schulhof, dann weiter über die Straße und anschließend in einem großen Bogen wieder zurück. Eigentlich ist er technisch sehr begabt und normalerweise gelingt ihm alles, aber Auto fahren scheint doch nicht so leicht zu sein, stelle ich erheitert fest.

Das Auto ruckelt nämlich immer wieder ein paar Mal, bis es mit einem Satz stehen bleibt, und die Kreise sind auch nicht richtig rund und enden manchmal abrupt. Nach und nach werden die Fahrversuche aber flüssiger und ich freue mich insgeheim darauf, bald die erste Ausfahrt zusammen mit der Familie unternehmen zu können.

„Ich habe heute einen Brief von Vater erhalten," erzähle ich Otto. „Er hat mir geschrieben, er müsse sich am Herzen operieren lassen."

Sein Arzt hat ihm das Diakonissenhaus hier in Hall empfohlen, unter Anderem wohl auch, weil ich in seiner Nähe sein kann.

Ob ich das kranke Herz von ihm geerbt habe?

„Dort ist er sicherlich gut untergebracht." Otto blickt nur kurz von seiner Zeitung auf, um sich im nächsten Moment wieder in die neuesten Nachrichten zu vertiefen. „ … und du kannst ihn täglich besuchen."

Am Tag seiner Anreise erwarte ich Vater am Bahnhof, um ihn ins Diakonissenhaus zu begleiten. Es liegt nicht weit entfernt und gut zu Fuß ist er noch.

Von einer freundlichen Schwester in grauer Tracht und weißem Häubchen, deren Stimme wie Balsam klingt wird er empfangen und auf die Station geführt. Ihn so gut aufgehoben zu wissen, kann ich mit einiger Beruhigung nach Hause gehen und die Operation am nächsten Tag abwarten. Trotzdem mache ich mir große Sorgen, ob alles gut verläuft.

Noch während er im Operationssaal liegt, hält es mich nicht mehr und gehe ins Krankenhaus, wo ich von dieser sanften Schwester beruhigt werde. Mit Gottvertrauen und in das der erfahrenen Ärzte werde alles gut gehen.

Zwei Stunden muss ich noch warten, bis sie mir mitteilen kann es sei alles ohne Komplikationen verlaufen. Ich bin so erleichtert über diese Nachricht und ein schwerer Stein fällt mir vom Herzen.

Erst am nächsten Tag darf ich ihn besuchen. Sehr schwach wirkt er noch, aber er strahlt übers ganze Gesicht als ich sein Zimmer betrete und empfängt mich mit schwacher Stimme:

„Mein Mädle, ich bin so froh, dass du bei mir bist!"

Wir hatten nie viel Zeit füreinander. Vater hat nur für seinen Hof und seine Wagnerei gelebt und im Haus hatte Mutter das Sagen. Es ist ein gutes Gefühl, ihm nahe sein zu können und ihm etwas von dem zurückzugeben, was er für mich getan hat.

Nach zwei Wochen, teilt mir der Arzt mit, Vater sei nun soweit genesen, dass er aus dem Krankenhaus entlassen werden kann.

Ist es denn zu verantworten, ihn schon zurück zu seinen Kühen und

Feldern zu schicken? Er ist nicht der Mensch, der sich Ruhe und Erholung gönnt, so lange er sieht, dass überall Arbeit wartet, die erledigt werden will.

Bevor ich aber eine Entscheidung treffen darf, brauche ich das Einverständnis meiner Familie. Deshalb frage ich beim Abendessen am Tisch in die Runde:

„Vater ist noch ziemlich schwach, kann er sich bei uns einige Tage erholen?"

„Warum nicht, das ist doch ein ruhiger Zeitgenosse," meint Otto und die Kinder sagen zu meiner Überraschung:

„Großvater kann doch zur Abwechslung auch mal bei uns Ferien machen."

Gerda und Helga müssen sich in der Zeit ein Bett teilen, aber für ein paar Tage wird es wohl gehen.

„... und an meiner Konfirmation wäre er dann auch da," wendet Gerda strahlend ein. Bei der Gelegenheit muss ich sie daran erinnern, dass sie bei der Schneiderei Stern ihr Kleid abholen wollte.

Zu ihrem Ehrentag, eine Woche später, haben wir Tante Marie und Onkel Wilhelm aus Schorndorf eingeladen, deren Sohn ein bekannter Flieger ist. Meine Freundin Rita mit Familie aus Ludwigsburg wird auch kommen. Darauf freue ich mich ganz besonders, nachdem ich sie nicht mehr gesehen habe, seit wir in

Hall wohnen. Mutter reist nicht gerne, sie meint, das sei ihr in ihrem Alter zu beschwerlich.

Alle Gäste treffen rechtzeitig ein und in der Kirche warten wir gemeinsam auf den Einzug der Konfirmanden.

Wirklich hübsch ist das schwarze Kleid geworden mit den kleinen Puffärmeln und der schmalen Rüsche am Saum und um den Ausschnitt, der mit Spitze unterlegt wurde. Sicherlich sieht man mir an, wie stolz ich bin, als sie mit ihren Altersgenossen, das Gesangbuch in der Hand haltend durch den Mittelgang einzieht.

Vater wirkt richtig glücklich, nur Otto hat wieder seine unbewegte Miene aufgesetzt als wäre er aus Stein gemeißelt.

Nach dem Gottesdienst gehen wir mit unseren Gästen in den *Strauβen* zum Mittagessen. Das allerdings hat sich Otto nicht nehmen lassen. Niemand soll denken, wir könnten unserem Kind kein anständiges Fest bieten.

Kaffee und Kuchen nehmen wir anschließend bei uns in der Wohnung ein und danach reisen unsere Gäste auch schon wieder ab.

Es war schön Rita wiederzusehen, zwar schreiben wir uns regelmäßig, aber der persönlich Kontakt fehlt mir halt schon.

Gerda ist am Abend völlig aufgedreht. So im Mittelpunkt zu stehen, ist für sie absolut ungewohnt. Dazu kommt die Freude über ihre Geschenke und das Zusammentreffen mit ihrer Freundin Edith aus der Ludwigsburger Zeit.

Nachdem wieder Ruhe eingekehrt ist, sind wir alle todmüde, aber zufrieden.

Schon bald muss ich feststellen, Vater macht zwar keine Umstände, aber er hat solch eine Unruhe im Leib, dass er mir das Gefühl vermittelt, ohne seine Arbeit langweile er sich.

„Kann ich dir nicht irgendwie behilflich sein? Ich fühle mich so unnütz, wenn ich den ganzen Tag nur hier herum sitze."

„Jetzt genieß' es doch einfach und versuche dich zu erholen!"

„Ich werde schon ganz steif vom Sitzen, irgend etwas muss der Mensch doch tun."

„Dann hol' mir halt Kartoffeln vom Markt, aber mach langsam und überanstreng' dich nicht. Die Straßen sind hier ziemlich steil."

So, jetzt ist er wenigstens für eine Stunde beschäftigt, denke ich so bei mir, aber Trödelei liegt anscheinend nicht in seiner Art.

„Ja, bist denn schon wieder da?"

„Da hast du deine Kartoffeln! War gar nicht so einfach was G'scheites zu finden. Hab mit den Bauern rumdiskutiert, weil mit Kartoffeln kenn' ich mich schließlich aus!" Er legt mir das Netz, samt der Erde, die noch an den Knollen hängt auf den Küchentisch. Einkaufen hält er wahrscheinlich für Frauenarbeit, aber wenn mittags eine Schüssel mit Kartoffelsalat auf dem Tisch steht strahlen seine Augen und die unwürdige Tätigkeit ist vergessen.

„...und was soll ich heut' Nachmittag machen?"

„Wie wär's mit einen kleinen Spaziergang?"

„Guck ich mir halt s' Städtle an."

Allmählich wird er doch ziemlich anstrengend mit seiner Unruhe und ich weiß nicht, wie ich ihn beschäftigen soll.

„Heut' hab ich mal ein schönes Erlebnis gehabt!"

„Dann hat sich dein Spaziergang also gelohnt?"

„Stell dir vor, in einer Seitenstraße hab' ich eine kleine Wirtschaft entdeckt," fährt er mit Begeisterung fort. „Ich war der einzige Gast und während ich mein Viertele getrunken hab', hat sich der Wirt zu mir g'setzt und sich ganz herzlich mit mir unterhalten."

Darüber freue ich mich, dass er so einen netten Nachmittag verbracht hat und will wissen, in welcher Wirtschaft er denn war.

„Da rechts vom Marktplatz, in der Unteren Herrngasse, glaube ich." erklärt er mir.

„Du lieber Himmel, das ist ein Jude! Hoffentlich hat dich keiner gesehen! Da darfst du nie wieder hin! Man würde uns dafür zur Verantwortung ziehen! Nicht, dass uns die SA ein Schild ans Haus nagelt, mit der Aufschrift *Judenfreunde!*"

„Aber das war doch so ein freundlicher Mann!" entgegnet er enttäuscht. „Ich will sofort wieder heim fahren, in der Stadt gefällt's mir nicht!"

Vater ist wieder zu Hause in seiner gewohnten Umgebung und bald darauf im August, verbringen wir die Sommerferien bei den Eltern. Dieses Mal haben wir auch einen ganz besonderen Grund hinzufahren. Es hat sich nämlich Besuch aus Amerika angekündigt: Vaters Bruder Rudolph und seine Tochter Clara.

Ich kann es kaum erwarten, der Verwandtschaft aus dem fernen Kontinent zu begegnen.

Mit dem Dampfer reisen sie über den großen Ozean. Was für ein Erlebnis muss das sein, auf solch einem riesigen Passagierschiff zu fahren, durch Wind und Wellen, und bis zum Horizont nichts als Wasser, nur von ein paar Möwen begleitet.

Eine Woche sind sie unterwegs von Philadelphia bis in unser kleines Dorf, wo wir jetzt alle am Bahnhof stehen und darauf warten, dass der Zug einfährt.

Endlich ist er da und mit großem Interesse betrachten wir die aussteigenden Passagiere. Es sind alles einfache Leute mit ihren Schaff-Kleidern, so wie sie hier, bei uns eben aussehen. Doch da steigt ein Paar aus, das sofort auffällt. Der ältere Mann trägt einen dunklen Anzug und einen Hut und die jüngere Frau ein geblümtes Sommerkleid mit einem leichten Mantel über dem Arm und ebenfalls einem eleganten Hut.

„Rudolph!" ruft Vater laut aus und „Albert!" der Andere, und im nächsten Moment fallen sich beide Männer in die Arme. Wir nähern uns noch etwas zurückhaltend, aber bei der überaus herzlichen Begrüßung ist das Eis bald gebrochen.

Onkel Rudolph und Cousine Clara haben zwar keine Probleme mit der deutschen Sprache, trotzdem klingt es in unseren Ohren ziemlich eigenartig. Vater meint, sie sprächen, als hätten sie eine Kartoffel im Mund und dann verfallen sie immer in diese hohe Tonlage. Das klingt ein bisschen aufgeregt, weil sie dazu auch noch ziemlich schnell sprechen.

In der Wohnstube meiner Eltern sitzen wir dann zusammen um den Esstisch und sind gespannt, was es aus der neuen Welt zu berichten gibt.

Zuerst tischen wir Frauen aber ein richtig schwäbisches Essen auf: Schweinebraten, Spätzle und Kartoffelsalat. Clara jauchzt ein ums andere Mal: „Oh mai Gott!" und „Nais". Wir freuen uns, dass es ihr so gut gefällt.

Onkel Rudolph hatte drüben in Philadelphia ein Schreiner-Geschäft, das er vor kurzem verkauft hat, weil er sich zu alt für diese Arbeit fühlt.

Clara ist Hochschul-Lehrerin und immer noch ledig. Mit Anfang vierzig ist sie also ein älteres Fräulein, allerdings kann ich an ihr nichts schrulliges finden. Wahrscheinlich führt sie trotzdem ein interessantes Leben.

„Amerika hat soviel an Kultur gewonnen, durch die Künstler und

Autoren, die aus Deutschland auswandern mussten. Sie füllen bei uns die größten Theater." Ich kann die Begeisterung von Clara sehr gut nachvollziehen. All den großen Sängern und Schauspielern, Dirigenten und Komponisten, die keinen arischen Stammbaum nachweisen konnten wurde gekündigt. Schlimmstenfalls kamen sie sogar in Haft. Darüber möchte ich aber nicht sprechen, sonst verdüstert sich nur die gute Stimmung, die am Tisch herrscht. Deshalb erzählt sie auch munter weiter:

„Bei uns wird jetzt überall der Swing gespielt, eine neue fröhliche, lebenslustige Musik."

Ich weiß zwar nicht, ob mir diese *Negermusik* gefällt, wie man sie in Deutschland nennt, aber interessieren würde sie mich schon. Bei uns ist sie verboten, weil es nicht dem Geschmack des Führers entspricht und zur *entarteten Kunst* zählt, zudem kommt sie aus dem Ausland. Nichts Fremdes soll mehr zu uns dringen.

Während der Olympiade in Berlin anno 36 war das noch anders, da zeigte man sich weltoffen. Alles nur Propaganda, um der Welt die Größe Deutschlands vorzuführen. Dabei weiß hier jeder, dass wir in einem armen Land leben.

In Amerika dagegen gibt es ein riesiges Angebot an allen möglichen Waren, Autos und Bekleidung, und alles kann man kaufen. Wir kommen aus dem Staunen gar nicht mehr heraus.

In Deutschland werden nur noch Rüstungsgüter produziert und

mit dem Bau von Autobahnen wird versucht, der Arbeitslosigkeit Herr zu werden.

Vater wirkt sehr niedergeschlagen.

„Mittlerweile ist es immer wahrscheinlicher, dass es Krieg geben wird. Allerdings hat euer Präsident Roosevelt erklärt, er wolle sich nicht am Krieg beteiligen. So werden wir wenigstens nicht zu Feinden."

„Wir werden niemals Feinde und wenn ihr irgend etwas braucht, dann lasst es uns wissen!" beruhigt uns Onkel Rudolph.

Gerda hat natürlich sofort einen Wunsch: „Falls ihr Kleider habt, die ihr nicht mehr anzieht, gebt sie bitte nicht weg. Ihr dürft uns zwar jetzt nichts schicken, aber das kann sich auch wieder ändern!"

Sie hat ja Recht, irgendwann sind wir vielleicht froh an unserer amerikanischen Verwandtschaft und auf ihre Hilfe angewiesen, in diesen Zeiten.

Die Stunden vergehen und wir können nicht genug bekommen von den Erzählungen aus dieser uns unbekannten Welt. Ebenso interessieren sich Clara und Onkel Rudolph für das Leben, das wir führen und fühlen wie wir, den düsteren Schatten, der sich über unserem Land ausbreitet.

Eine Woche lang sind sie unsere Gäste und wohnen nebenan im Ausdinghaus, bevor sie weiter fahren. Onkel Rudolph möchte Clara seine alte Heimat zeigen und sich selbst von den Orten seiner Kindheit verabschieden.

v.l. Elsa, Clara, eine Freundin, Helga, Gerda und die Großeltern

Die Trennung von unseren Gästen fällt uns allen sehr schwer, besonders Vater, weil er nicht weiß, ob er seinen Bruder jemals wiedersehen wird.

Clara und Onkel Rudolph kehren in ihr Land mit einer friedlichen und gesicherten Zukunft zurück, wogegen wir in eine große Ungewissheit blicken.

Am Ende der Ferien fahren wir wieder heim nach Schwäbisch-Hall. Mit einem Gefühl der Bereicherung, so als ob wir selbst von einer großen Reise kämen.

Im Haus gegenüber bei der jüdischen Familie bleiben die Fenster heute Abend dunkel. Die Kristall-Leuchter strahlen nicht mehr.

Gestern standen große Kisten vor dem Haus und ich konnte dabei zusehen, wie Möbel eingeladen wurden. Heute morgen war die ganze Familie samt ihrem Hausrat verschwunden. Nur die schönen Leuchter an der Decke ließen sie zurück. Das kann ich durch die gegenüberliegenden Fenster erkennen, da keine Vorhänge die Sicht darauf versperren.

Mir erscheint es wie eine Flucht, so leise wie sie sich quasi über Nacht davongemacht haben. Vielleicht sind sie nach Amerika ausgewandert, wie schon so viele Juden. Unsere Volksgemeinschaft erweist sich für sie mehr und mehr als Bedrohung.

Ich hoffe so sehr, dass sie ihr kleines Töchterchen in Sicherheit bringen konnten, an einen Ort, wo es frei und ohne Angst aufwachsen kann.

Es macht mich so traurig, wenn ich die toten Fenster sehe, hinter denen es kein Leben mehr gibt. Wir haben doch immer friedlich nebeneinander gelebt. Warum darf das nicht sein?

„Els, schnell, hilf mir!" kommt meine Nachbarin am Abend ganz hysterisch schreiend angerannt. Ich kann mir schon denken, was passiert ist: Sie kann wieder nicht schlafen, weil sie eine Spinne entdeckt hat, und ich muss sie einfangen und vorsichtig in meinen Händen nach draußen transportieren.

Manch einer wäre froh, er hätte diese Sorgen!

Es gibt doch wahrlich Schlimmeres, als so ein kleines Tier! Nachdem ich sie von dem „Ungeheuer" befreit habe, machen wir noch ein kleines Schwätzchen, bis sie sich so weit beruhigt hat, dass ich ihr eine angenehme Nacht wünschen kann und sie wieder alleine lasse.

Es ist schon spät. Ich möchte auch ins Bett. Außerdem ist diese November-Nacht schon empfindlich kalt. Die Kinder scheinen bereits zu schlafen. In meinem Flanell-Nachthemd lege ich mich neben Otto in mein Ehebett und genieße die wohlige Wärme unter meiner Daunendecke.

Tumultartiges Geschrei tönt plötzlich von der Straße zu uns nach oben in die Wohnung. Bis in unser Schlafzimmer ist es zu hören.

Ganz erschrocken stürze ich zum Fenster, um nachzusehen, woher der Lärm kommt. Otto folgt mir und deutet in die Richtung vom Marktplatz.

„Dort, in der Gegend vom jüdischen Betsaal in der Oberen Herrngasse, brennt es!"

Jetzt machen sie Ernst, mit ihrem Judenhass und vergreifen sich sogar an deren Gotteshäusern!

Glas klirrt. Von überall her höre ich Schläge und das anschließende

Klirren von Fensterscheiben.

Menschen rennen verzweifelt schreiend durch die Straßen. Polizisten prügeln oft zu zweit wie entfesselt auf jeden ein, dem sie habhaft werden können.

An mehreren Stellen flammen Feuer auf, auch über dem Marktplatz leuchtet es jetzt ganz hell. Jetzt wird er Wirklichkeit, dieser unheimliche Ruf. Jedermann holt sie, in Gestalt dieser menschlichen Bestien und kein Geld der Welt kann sie davor retten.

Was haben diese Menschen uns denn getan? Warum lassen sie sich das gefallen?

Hoffentlich haben die Kinder nichts mitbekommen und schlafen fest. Ihr Zimmer liegt nach hinten, da hört man bestimmt von all dem nichts. Ich habe Angst, fürchterliche Angst!

Otto versucht mich zu beruhigen: „Von uns wollen die nichts, wir haben unsere Arier-Nachweise. Vorsichtshalber sollten wir aber trotzdem Fenster und Türen verriegeln, man kann nie wissen, ob sie in ihrem Blutrausch nicht doch ein Haus verwechseln."

Wir verhalten uns ganz ruhig und warten im Dunkeln hinter den geschlossenen Gardinen ab, bis es draußen ruhiger wird. Ans Fenster zu gehen trauen wir uns nicht mehr.

Diese Nacht des 9. November 1938 werde ich nie vergessen. Die Grausamkeit dieser Menschen ist nicht auszuhalten. Wohin nur führt uns dieses Regime?

Am nächsten Morgen begleite ich die Mädchen vorsichtshalber bis zur Schule. Ich fühle mich immer noch ganz beklommen und schlage einen kleinen Umweg ein, damit sie nicht am Marktplatz vorbeikommen und sehen, was die Braunhemden dort angerichtet haben.

Auf dem Schulhof herrscht eine ziemliche Unruhe. Der Unterricht fällt heute aus. Die Kinder sollen sich nach Klassen geordnet aufstellen und dann mit ihren Lehrern geschlossen zum Kino gehen. Ich schätze, dort bekommen sie einen Film vorgeführt, der ihnen deutsches Gedankengut vermitteln soll. So eine scheinheilige Welt! Man traut sich nicht einmal mehr, so etwas zu denken. Kinder plaudern alles aus, was sie zu Hause hören, ohne sich der Gefahr bewusst zu sein, der sie ihre Familien aussetzen. Die Braunhemden haben die Jugend mittlerweile so auf Kurs gebracht, dass Kinder schon ihre Eltern denunzieren.

Auf dem Rückweg wage ich mich ein Stück weit in Richtung Marktplatz. Die Straßen sind bedeckt mit Scherben von eingeworfenen Fensterscheiben jüdischer Geschäfte. Einige davon wurden auch in Brand gesetzt. Von den Menschen selbst fehlt jede Spur.

Mitten auf dem Marktplatz sind noch die Überreste eines riesigen Feuers zu sehen. Verkohlte Teile von Möbeln, die wohl zu einem hohen Berg aufgeschichtet waren und nun in sich zusammengefallen sind. Dazwischen kann ich noch viele Bücher erkennen, die oft nur zum Teil verbrannt sind. Die zusammenhängenden Seiten bieten den Flammen ausreichenden Widerstand. An einigen Stellen steigt noch Rauch auf. Wahrscheinlich hat dieser Scheiterhaufen bis vor kurzem noch gebrannt.

„Den Talmud, die heilige jüdische Schrift haben sie auch ins Feuer geworfen," sagt eine Frau neben mir voller Entsetzen.

„Das ist doch nichts weiter als sinnlose Zerstörungswut," denke ich bei mir und muss mich sehr zurückhalten, dass ich mich nicht zu einer Äußerung hinreißen lasse.

Jemanden höre ich erzählen: „Den Wirt in der 'Unteren Herrngasse' hat man in seinem Keller in einer Ecke zusammengekauert gefunden. Am ganzen Körper soll er gezittert haben."

Ich darf überhaupt nicht daran denken, was sie mit diesem freundlichen alten Mann gemacht haben. Vater darf dies auf gar keinen Fall erfahren, er würde sich viel zu sehr darüber aufregen und womöglich noch einen Herzschlag erleiden.

Die jüdischen Einwohner der Nachbargemeinde Braunsbach, wurden alle aus ihren Häusern vertrieben und in ein Judenhaus gesteckt, wo doch dort hauptsächlich Juden wohnen.

So sieht also die Säuberung aus, von der Hitler spricht.

„Wien, Wien nur Du allein, sollst stets die Stadt meiner Träume sein ...!" singe ich die ganze Zeit vor mich hin. Wie für den Komponisten dieses Liedes ist auch für mich Wien die Stadt meiner Träume – und bald soll ich dort wohnen! Meine Vorfreude kann ich nicht in Worte fassen.

Otto ist jetzt Oberzollinspektor, was wieder einen Wohnungswechsel für die ganze Familie nach sich zieht.

„Du kannst schon alles für den Umzug vorbereiten, Els."

In Wien sollen wir eine großzügige, fast fürstliche Wohnung mit hohen Decken und Erkern bekommen, das hat man uns zumindest angekündigt. Otto will in der nächsten Woche vorausfahren, um sich alles anzusehen und die Verträge zu unterschreiben.

„Meine Zigaretten sind ausgegangen, sieh bitte zu, dass ich für zwei Wochen ausreichend dabei habe!"

Also stopft Helga in den nächsten Tagen mit einer Engelsgeduld Hülsen von Filterzigaretten mit Tabak. Den Vorrat für mehr als zwei Wochen.

Ich gehe währenddessen meiner Lieblingsbeschäftigung nach - dem Einkochen. Seit ich diese Einmachgläser aus JENAer Glas besitze, koche ich alles ein, was es im Sommer auf dem Markt zu kaufen gibt: Mirabellen, Kirschen, Bohnen, Aprikosen, Pfirsiche, Birnen, Zwetschgen, Tomaten. Dazu noch alle Arten von G'sälz: Erdbeer-,

Rhabarber-, Himbeer-, Stachelbeer- ... ach herrje, ich muss mich daran gewöhnen *Marmelade* zu sagen, sonst versteht man mich in Wien nicht!

Wenn alle Gläser mit einem Etikett versehen sind, und in Reih' und Glied auf dem Küchenschrank stehen, bin ich mit mir hochzufrieden. „Willst du nicht noch Kartoffeln einkochen?" macht sich Otto über mich lustig.

„Ihr werdet noch froh sein, an meinem Vorrat!" entgegne ich leicht beleidigt.

Nach zwei Wochen kommt Otto mit einer unerfreulichen Nachricht aus Wien zurück: „Es wird Krieg geben, deshalb müssen alle Beamten in Deutschland bleiben, obwohl Österreich jetzt zum großdeutschen Reich gehört."

Meine Enttäuschung ist unendlich. Den Traum von einem Leben in Wien, kann ich begraben.

Leider ist dies nicht das Ende der schlechten Nachrichten: „In Schwäbisch Hall können wir auch nicht mehr bleiben, die Stelle ist schon anderweitig vergeben."

Es gab wohl einige Alternativen für ihn in Deutschland, aber spontan habe er sich für Dresden entschieden. Das nenne ich Glück im Unglück. Für einen Moment habe ich schon befürchtet, wir müssten wieder bei meinen Eltern einziehen.

Soviel ich weiß hat Dresden, ähnlich wie Wien schöne Barockbauten, was für mich doch eine gewisse Entschädigung darstellt. Außerdem hat Gerda dort sicherlich die Gelegenheit an einer Modeschule zu studieren. Das ist ihr großer Wunsch, seit sie die Schule abgeschlossenen hat und seit einem Jahr eine Ausbildung zur Hauswirtschaftsleiterin begonnen hat.

Wer weiß für was es gut ist, dass es mit Wien nicht geklappt hat. Man soll ja verschütteter Milch nicht nachweinen, heißt es in einem Sprichwort.

Dresden

1940

Von Schwäbisch Hall nach Dresden ist es ein sehr weiter Weg. Otto ist noch einige Tage in seinem Büro in Wien bis die letzten Akten geschlossen sind.

Ich bin wieder einmal völlig auf mich alleine gestellt und muss in dieser fremden Stadt eine Wohnung für uns alle suchen. Dazu ist es mitten im Winter, für einen großen Umzug keine gute Jahreszeit. Nur die Vorfreude auf diese wunderschöne Stadt macht es mir leichter.

Möbelpacker verfrachten unsere gesamte Einrichtung, samt meiner vielen Einmachgläser, dem Gummibaum, der Zimmerlinde, dem Philodendron und all den anderen Pflanzen in zwei große Möbelwagen und transportieren sie zum Bahnhof. Dort werden sie in Güterwagen geladen und machen sich mit dem Zug alleine auf den Weg nach Dresden. Alles musste zuvor wind- und wetterfest in Kisten und mit Planen verpackt werden. Vor allem meine empfindlichen Pflanzen habe ich mit Stroh und Kartoffelsäcken umwickelt, damit sie unterwegs nicht erfrieren. Die Kinder und ich reisen mit einem großen Koffer im Personenzug voraus.

Mit einer raschen Beförderung unserer Einrichtung dürfen wir nicht rechnen. Am Bahnhof prangt ein großes Banner mit der Aufschrift: *„ Räder müssen rollen für den Sieg!"*

Die Fracht jedoch, die wir zu transportieren haben ist nicht kriegswichtig, deshalb werden Waffen und Soldaten vorrangig behandelt. Privatreisen sollen nach Möglichkeit vermieden werden. Wir können nur hoffen, dass unsere Waggons den richtigen Bahnhof erreichen.

Während sich unsere Möbel auf Reisen befinden, wohnen wir zur Untermiete. Gleich am ersten Tag gehe ich zum Wohnungsamt und frage nach einer Wohnung. Man gibt mir die Auskunft, ich solle lieber in der Zeitung oder im städtischen Aushang nachsehen, da sie mir nichts geeignetes anbieten können. So schnell wie möglich möchte ich aus meiner beengten Behausung in ein schönes Heim ziehen und informiere mich deshalb über die empfohlenen Tageszeitungen und Aushänge.

Gleichzeitig, nachdem ich ein paar Tage habe verstreichen lassen, erkundige ich mich täglich am Bahnhof, ob unsere Einrichtung angekommen ist. Nach zehn Tagen endlich, trifft sie ein.

Es ist ja nicht das erste Mal, dass ich mich auf Wohnungssuche begebe. Aber hier in Sachsen komme ich mir als Schwäbin wie eine Ausländerin vor und versuche, so gut es mir gelingt, meinen Dialekt zu verbergen, damit ich überhaupt verstanden werde. Schließlich möchte ich hier leben, mich mit den Nachbarn unterhalten können, vielleicht Freundschaften schließen und nicht als Fremde gelten, mit der man lieber nichts zu tun haben will.

Schon nach vier Tagen lese ich im städtischen Anzeiger die Annonce über eine Wohnung mit vier Zimmern. Das könnte passen, denke ich und will sie mir sofort ansehen.

Das Eckhaus Ludendorffufer / Rietschelstraße ist eine gute Adresse. Das lange Jugendstil – Gebäude, unter dessen Dach sich mehrere Wohnungen befinden mit Platz für viele Familien, liegt mitten in der Altstadt. Nur eine Straße trennt es von der Elbe und den davor liegenden Elbwiesen mit ihren Flanierwegen und Ruhebänken.

Die ausgeschriebene Wohnung liegt im ersten Stockwerk. Die Räume haben hohe Stuckdecken und schwere zweiflügelige Türen, wie man es von Schlössern kennt. Im Wohnzimmer steht ein runder, weißer Kachelofen auf dem ein Engel thront und im Herrenzimmer entdecke ich denselben Kachelofen, diesmal in braun und mit einem Löwenkopf als Zierde. Schöner hätten wir in Wien kaum wohnen können.

Beim Blick aus dem Fenster breitet sich vor mir die Elbe aus und weiter links kann ich schemenhaft am Horizont die Silhouette der Barockbauten der Altstadt erkennen. Die Frauenkirche, das Schloss, die Hofkirche, die Brühlschen Terrassen und die Augustusbrücke.

Alles ist in ein diffuses Licht getaucht, so wie es auf alten Gemälden dargestellt ist.

Endlich bin ich angekommen, am Ende meiner Träume!

Tatsächlich bekommen wir den Zuschlag für diese Wohnung und können unsere beengten Verhältnisse in Untermiete wieder verlassen. Otto ist zurück aus Wien und kann mir diesmal beim Einzug helfen.

Wieder muss unsere ganze Habe vom Bahnhof mit dem Möbelwagen geholt und eine Treppe hoch geschleppt werden. Ins Wohnzimmer stellen wir das Vertiko aus Nussbaumholz mit der Glasvitrine, in der das Ludwigsburger Porzellan, Ottos Hochzeitsgeschenk, besonders gut zur Geltung kommt. Für die schweren schwarzen Möbel und den achteckigen Tisch gibt es im Herrenzimmer ausreichend Platz. Es ist sehr viel Arbeit, aber am Ende bin ich stolz und zufrieden.

Ich fühle, das Schicksal hat mich endlich an den Ort geführt, der für mich bestimmt ist.

Elsa, Gerda und Helga mit einem Onkel
die Fenster der Wohnung sind mit Kreuzen markiert

Meine Mädchen werden zu jungen Damen heranwachsen, die sich in der Gesellschaft bewegen können und haben so vielleicht später die Aussicht auf eine gute Partie. Das hätte ich ihnen auf dem Land niemals bieten können.

Helga habe ich wieder in der Volksschule angemeldet. Sie ist jetzt dreizehn und besucht die sechste Klasse. Ganz aufgeregt kommt sie in den ersten Tagen nach Hause:

„Die tauschen in der Pause immer ihre Vesperbrote und ein paar Mädchen haben mich gefragt, was ich auf meiner *Bemme* habe. Als ich endlich verstand, was sie meinen, habe ich geantwortet: *Gsälz*. Daraufhin gucken die ganz dumm aus der Wäsche. „Marmelade, aber ohne Butter drunter", habe ich dann erklärt. Das ist denen zu langweilig, die mögen nur Wurst, deshalb will niemand mit mir tauschen. Ist mir grad recht!

Wegen ihres Dialekts werden sie oft gehänselt, aber mit der Zeit werden sie sich sicherlich an das Hochdeutsche gewöhnen. Um uns zu verständigen, müssen wir ja nicht unbedingt den sächsischen Dialekt annehmen.

Helga gefällt es in dieser Schule recht gut. Auch wird ihnen ein Wissen vermittelt, was so woanders nicht möglich wäre.

„Wir waren heute im Hygiene-Museum." erzählt sie uns gegen Ende des Schuljahres im März. Dort stehe ein Mensch aus Glas, dessen Organe im Innern leuchten, sobald man auf einen Knopf drückt. Man müsse nur ein Organ auswählen, das man sehen möchte.

„Das müsst ihr euch auch mal ansehen! Ansonsten sind noch ekelhafte Krankheiten dargestellt. Da konnte ich gar nicht hinsehen!" verkündet uns unsere Jüngste während des Mittagessens.

Ich muss sie darauf hinweisen, dass dies alles sehr interessant sei, solche unappetitlichen Geschichten aber nicht an den Tisch gehören.

„Ja, und im nächsten Schuljahr, hat uns unser Lehrer versprochen, gehen wir ins *grüne Gewölbe,* wo die Schätze August des Starken ausgestellt sind!" lässt sie sich überhaupt nicht beirren und fährt ohne Pause fort:

„Nachher gehe ich zur Käthe und helfe im Milchgeschäft von ihrer Großmutter!"

„Was kannst du denn dort helfen?" möchte ich wissen, wo sie doch sämtliche Milchprodukte verabscheut.

„Ich mache Päckchen mit Butter. Auf Marken dürfen die nicht mehr als 420 Gramm wiegen."

Gleich an der Ecke zur Marschallstraße wohnt ihre neue Freundin Käthe bei ihrer Mutter, einer Witwe. Die Großmutter betreibt dort ein Milchgeschäft und Helga scheint dort behilflich zu sein, die Wochenrationen an Butter, die es auf Lebensmittelmarken gibt abzupacken.

Neuerdings wird alles rationiert, nur Brot, Kartoffeln und Gemüse gibt es noch uneingeschränkt. Da kann ich richtig froh sein, dass beide keine Butter mögen, so halten unsere Marken länger.

Gerda zieht es oft in die Prager Straße mit ihren Prachtbauten und den noblen Geschäften. Ich begleite sie gerne dorthin, wo wir dann Arm in Arm an den Schaufenstern vorbei schlendern und uns fühlen, wie Damen der feinen Gesellschaft. Wir genießen diese Atmosphäre der Eleganz, die dort immer noch zu finden ist.

Sehr viel gibt es allerdings nicht mehr zu kaufen. Die Schaufenster mit ihren exquisiten Auslagen sollen uns lediglich ein großes Angebot vortäuschen, denn in den Warenhäusern selbst findet man kaum noch Waren oder nur Arbeitskleidung, die nicht gerade zum Kauf anregt.

Stoffe werden knapp und sind nur noch auf Marken zu beziehen. Trotzdem können wir uns immer sehen lassen. Gerda und ich nähen selbst, sobald wir an Stoffe kommen oder arbeiten bestehende Kleidung um, sodass wir immer sehr elegant wirken. Ganz im Sinne unseres Führers. Schön, tugendhaft und arbeitsam, das ist das Bild der Frau, das ihm vorschwebt.

Ich finde, eine neue Frisur könnte ich mir auch mal wieder machen lassen. Zwar habe ich immer noch einen Kurzhaarschnitt, aber meine Locken wollen sich einfach nicht zu einer leicht geschwungenen Wasserwelle legen lassen. Seit es diese chemische Kaltwelle gibt und eine Dauerwelle nicht mehr auf heißen Lockenwicklern eingebrannt wird, gleicht ein Friseursalon auch keiner Folterwerkstatt mehr. Bei Frau Hilde Lehmann in der Neustadt lasse ich mir eine Dauerwelle legen, in ihrem kleinen Salon, den sie sich in ihrer Wohnung eingerichtet hat. Mit dem Ergebnis bin ich anschließend sehr zufrieden, da meine störrischen

Haare jetzt in eine geordnete Form gezwungen wurden und ich nur noch ein Mal in der Woche in den Salon Lehmann zum Waschen und legen muss.

Schon kurz nach unserer Ankunft versuchte ich Gerdas Wunsch zu erfüllen und sie an der Modeschule anzumelden, aber so kurzfristig war noch kein Platz frei.

„Schließ' du zuerst deine Ausbildung zur Hauswirtschaftsleiterin ab, dann hast du was Sicheres. An die Modeschule kannst du danach immer noch gehen!" rate ich ihr.

Helga macht sich auch schon Gedanken, welchen Beruf sie lernen möchte, wenn sie in einem Jahr mit der Schule fertig ist.

„Ich mag kleine Kinder und würde gerne Kindergärtnerin werden."

Ich denke, das ist ein guter Beruf für eine Frau. Seit Hitler durch die Verleihung des Mutterkreuzes samt den vielen Vergünstigungen einen Anreiz bietet, viele Kinder zu bekommen werden auch mehr Betreuerinnen gesucht.

Die letzten Sommerferien während ihrer Schulzeit stehen bevor und Helga regt sich fürchterlich auf, dass sie in dieser Zeit wie alle Schüler zum Arbeitsdienst soll.

„Ich muss in die Seidenraupen-Spinnerei und die Kokons von den Blättern pflücken. Das ist so eklig!"

Man hat ihr erklärt, dass die Fäden der Kokons später abgewickelt werden und daraus Seidenstoffe für Fallschirme hergestellt werden.

„Dafür, hat man mir versprochen, darf die ganze Familie zur Belohnung einen Urlaub in der sächsischen Schweiz verbringen. Das wird vom Verband *Kraft durch Freude* organisiert."

Das ist ja alles schön und gut, aber dass ausgerechnet die Jüngste uns einen Urlaub ermöglicht, noch dazu durch Herstellung von Kriegsmaterial, gefällt mir überhaupt nicht.

Trotz mancher kriegsbedingter Einschränkungen erleben wir eigentlich eine wundervolle Zeit. Wir machen Ausflüge mit dem Auto in die sächsische Schweiz oder ins Erzgebirge und im Sommer werden Schiffsreisen auf der Elbe per Abonnement angeboten, was wir für unsere Familie gerne in Anspruch nehmen.

Ab *Brühlschen Terrassen* ziehen wir mit dem Boot an den vielen Schlössern vorbei, die man von dort bewundern kann und unter einer blau angestrichenen Stahlbrücke hindurch. „Das ist das *blaue Wunder*!" fühlt sich ein mitfahrender Sachse bemüßigt, mich aufzuklären. Hin und zurück dauert solch eine Fahrt immer einen ganzen Tag.

Oder wir setzen uns bei schönem Wetter am Sonntag Nachmittag ins *Italienische Dörfchen* auf die Terrasse direkt am Elbe-Ufer und bestellen eine Flasche Sprudel.

Ein Essen im Speiselokal können wir uns von unseren Marken nicht leisten, sonst hieße es: Eine Woche hungern.

Wir genießen einfach nur die herrliche Aussicht auf das Wasser und die vorbeifahrenden Schiffe.

Zwei Backfische an der Elbe

Meine Hauptaufgabe besteht allmählich darin, den Mangel zu verwalten. Lebensmittel sind streng rationiert und täglich muss ich überlegen, wie ich mit dem, was mir zur Verfügung steht etwas Anständiges auf den Tisch bringe. Für Spätzle und Kartoffelsalat reicht's noch, das ist die Hauptsache. - Aber den schwäbischen Kartoffelsalat und nicht den süßen, wie ihn die Sachsen zubereiten. Grässlich!

Obst und Gemüse ist nur noch schwer zu bekommen und Hamsterfahrten aufs Land sind strengstens verboten. Trotzdem schafft es Otto irgendwie von seinen Schnaps-Kontrollen auf den Rittergütern gelegentlich unseren Speiseplan etwas zu bereichern.

Gesünder kochen sollen wir auch und Gemüse nur noch kurz dünsten, wegen der Vitamine. Das mach ich doch mit meinem *Siko* schon immer, da braucht's keine Belehrung von höchster Stelle.

Und immer wieder finden sich Momente des kleinen Glücks:

Abends, pünktlich zehn Minuten vor zehn Uhr erinnert uns eines der Mädchen:

„Schnell kommt, die *Lili Marleen* singt!"

Zu diesem abendlichen Ritual versammeln wir uns vor unserem überdimensionierten Volksempfänger und hören über Radio Belgrad das Lied von *Lili Marleen,* das durch die deutsche Sängerin *Lale Andersen* zu einer Hymne aller am Krieg beteiligten Nationen wurde.

Für ein paar Minuten ist der Krieg ausgesetzt und es herrscht einträchtige Stille. Alle Waffen ruhen während dieser Zeit, wenn dieses Lied an alle Fronten, sogar bis nach Afrika gesendet wird.

Vor der Kaserne,
Vor dem großen Tor,
Stand eine Laterne

Und steht sie noch davor.
So woll'n wir uns da wiederseh'n,
Bei der Laterne woll'n wir steh'n,
Wie einst, Lili Marleen.

Unsere beiden Schatten
Sah'n wie einer aus,
Daß wir so lieb uns hatten,
Das sah man gleich daraus.
Und alle Leute soll'n es seh'n,
Wenn wir bei der Laterne steh'n
Wie einst, Lili Marleen.

Schon rief der Posten:
Sie blasen Zapfenstreich,
Es kann drei Tage kosten!
Kamerad, ich komm' ja gleich.
Da sagten wir Aufwiederseh'n
Wie gerne wollt' ich mit dir geh'n,
Mit dir, Lili Marleen!

Deine Schritte kennt sie,
Deinen schönen Gang.
Alle Abend brennt sie,

Mich vergaß sie lang.

Und sollte mir ein Leid gescheh'n,
Wer wird bei der Laterne steh'n,
Mit dir Lili Marleen?

Aus dem stillen Raume,
Aus der Erde Grund,
Hebt mich wie im Traume
Dein verliebter Mund.
Wenn sich die späten Nebel dreh'n,
Werd' ich bei der Laterne steh'n,
Wie einst Lili Marleen.

Einen bewegenden Moment lang, spüren wir die Melodie in uns nachhallen. Danach wird der Empfänger ausgeschaltet. Es ist Sendeschluss. Wir finden nun die Ruhe, um schlafen zu können, nach all den Schreckens-Nachrichten, die tagsüber laufend verkündet werden.

In jeder Wochenschau bekommen wir Bilder präsentiert über die Bombardierung deutscher Städte durch Amerikaner und Engländer. In unserem „Elbflorenz" leben wir beinahe wie auf einer Insel der Glückseligen. Dresden, dieses Schmuckstück wird niemand in

Schutt und Asche legen wollen. Es wäre ein Verlust für ganz Europa.

Schon nach einem halben Jahr, im September 1940, noch nicht einmal richtig eingelebt haben wir uns, bekommt Otto die Mitteilung, er solle die Leitung der Außenstelle im nördlich gelegenen Döbeln übernehmen.

Viele Posten können nicht mehr besetzt werden, da alle wehrfähigen jungen Männer eingezogen werden. In diesem Jahr ist Otto 48 geworden. Auch in diesem Alter werden viele noch verpflichtet, doch da er im ersten Weltkrieg verwundet wurde, bleibt er glücklicherweise vom Wehrdienst befreit.

„Heißt das, wir müssen aus unserer schönen Wohnung ausziehen?"

Ich wäre schon ziemlich enttäuscht, nach so kurzer Zeit den Ort meiner Träume wieder verlassen zu müssen.

„Nein, wir behalten diese Wohnung. Döbeln ist ja nicht so weit weg."

Trotzdem möchte er sich dort ein Zimmer nehmen, um nicht jeden Tag nach Döbeln fahren zu müssen. Nur an den Wochenenden wird er in Zukunft bei uns wohnen.

Das Zimmer ist schnell gefunden. Bei einer Künstlerin, die textile, mit Stofffarben bemalte Werke fertigt. Vielleicht war er schon auf der Suche, bevor er mir davon erzählt hat. Immer öfter habe ich das Gefühl, dass jeder von uns sein eigenes Leben lebt. Viele Entscheidungen treffen wir nicht mehr gemeinsam. Sicherlich sind daran auch die Trennungen schuld, bedingt durch die Tätigkeit Ottos.

So liegt die Verantwortung für meine *Mädle* wieder größtenteils in meinen Händen. Ich bin eigentlich davon überzeugt, am besten zu wissen, was gut für sie ist. Es gibt hier glücklicherweise ausreichend Möglichkeiten, um ihnen eine gute Ausbildung zu bieten.

„Ich habe ein Angebot für ein Praktikum im *Bahnhofshotel* in der Neustadt!" freut sich Gerda.

Das kann auf keinen Fall schaden, da lernt sie zusätzlich zu ihrer Hauswirtschaftslehre noch den Hotel-Betrieb kennen.

Im März 1942 ist Helga froh darüber, endlich die Schule abgeschlossen zu haben. Wie ihr ganzer Jahrgang feiern wir den Eintritt ins Erwachsenen-Leben mit dem Fest der Konfirmation in der Kirche. Diese Tradition lassen wir uns nicht nehmen, obwohl Hitler am liebsten alle Religionen abschaffen würde.

Wir haben hier keine Verwandten und es werden auch keine anreisen können, deshalb gibt es nur eine kleine Feier innerhalb der

Familie. Aber ich werde alles tun, um ihr ein schönes Fest zu bereiten. Das schwarze Konfirmanden-Kleid von Gerda muss nochmal herhalten. Das stört Helga nicht sonderlich, sie sieht ja auch hübsch darin aus. Was sie allerdings etwas bedrückt ist, dass ihre Freundinnen Berge von Geschenken erhalten, während sie - noch ein wenig fremd in der Stadt - weniger reich beschenkt wird

.Im nächsten Monat soll ihre Lehre zur Kindergärtnerin in einem
Hort in der Neustadt beginnen. Darauf freut sie sich schon sehr,
weil es eine Tätigkeit ist, in der sie völlig aufgehen kann.

Schon im Sommer erklärt sie uns ganz stolz, man habe ihr ein
Praktikum zur Kinderkrankenschwester auf der Säuglingsstation der
Klinik in Blasewitz angeboten.

„Ich kann dann später, nach meinem Abschluß auch Säuglinge in
einem Hort betreuen!"

Meine Bedenken, dass Blasewitz doch ein ganzes Stück außerhalb
liegt wischt sie sofort vom Tisch.

„Ach was, mit der Straßenbahn komme ich bequem dort hin. Ich habe mich schon erkundigt."

Sind schon sehr selbständig, die zwei. Darüber kann ich mich doch nur freuen!

Zwei elegante, junge Damen sind aus meinen Backfischen in Dresden geworden. Sie wissen ebenso wie ich das riesige Angebot von Theatern und Kinos zu schätzen.

Mit ihren Freundinnen sehen sie sich öfters Filme im Kino an. Gerda und Marga, die im *Bahnhofshotel* ebenfalls ein Praktikum absolviert sind neuerdings unzertrennlich, genau so wie Helga und Käthe. Meistens aber gehen wir alle zusammen. Ich mag vor allem Musikfilme mit Ilse Werner, die schöner pfeifen kann als jeder Vogel und dem Wirbelwind Marika Röck, die mit einer unglaublichen Leichtigkeit über die Leinwand tanzt und steppt. Bei Zarah Leander ist es diese tiefe Stimme voller Melancholie, die mich begeistert. Heinz Rühmann dagegen bringt uns mit seinen Filmen immer zu Lachen. Für zwei Stunden in eine heile Welt einzutauchen, voller Leichtigkeit und Musik ist einfach herrlich und alle Sorgen bleiben draußen vor der Tür.

Leider bleibt uns die Wochenschau vor jedem Film nicht erspart. Eine Propaganda zum Ruhm unseres Führers und unserer Soldaten.

Helga, ausgehfein

Wie gerne würden wir öfters ins Theater gehen, wenn nur die Karten dafür nicht so teuer wären. Außerdem sind Plätze für Schauspiel und Operette dazu noch schwer erhältlich und Karten für die Semperoper beinahe unerreichbar.

Bei besonders begehrten Vorstellungen bauen sich ganz Hartnäckige mit ihren Liegen schon über Nacht vor der Oper auf, um die ersten zu sein, wenn die Kassen öffnen.

Stehplätze im obersten Rang haben wir tatsächlich schon mal ergattert. Eine ganze Oper im wahrsten Sinne des Wortes durchzustehen bedarf einer wirklichen Begeisterung, doch die bringen wir auf.

Heute habe ich sogar richtiges Glück: Zwei Operetten-Karten für das *Theater des Volkes.* Die schenke ich meinen Mädchen, die werden sich freuen!

Als Förder-Projekt Hitlers sind die Vorstellungen im *Theater des Volkes* sogar für uns erschwinglich.

Mit diesem älteren Ehepaar, das dort arbeitet pflege ich einen recht freundschaftlichen Kontakt. Sie ist die Garderobiere und er Platzanweiser. Ich habe sie gebeten, falls zufällig einmal etwas frei werden sollte, an mich zu denken.

„Gerda, Helga, ich habe eine Überraschung für euch!"

Ich halte die Karten hoch über meinen Kopf, während meine Mädchen hüpfend versuchen, sie mir zu entreißen. Nur für einen Moment möchte ich sie noch auf die Folter spannen, bis ich mich besiegen lasse.

„Theaterkarten! Für *Die lustige Witwe!* Das ist wirklich eine ganz tolle Überraschung!"

In ihrer Begeisterung verraten sie mir sogar, dass sie einen Schwarm haben, den sie verehren.

„Da singt doch dieser wunderbare ungarische Tenor, der so gut aussieht!"

Ich habe auch schon eine Vorstellung von ihm miterlebt und muss gestehen, mit seinen schwarzen Haaren und seinem schmalen Bärtchen wirkt er sehr attraktiv und richtig südländisch.

„Wir nehmen Blumen mit und lassen sie ihm in die Garderobe bringen, wie es die anderen Mädchen auch machen."

Ich muss ein bisschen schmunzeln und bin nur froh, dass sie sich nicht ganz so verrückt gebärden, wie Helgas Freundin Käthe und die große Zahl junger Verehrerinnen von diesem Johannes Heesters, die ihm vor dem Bühnenausgang auflauern, so dass ihm einmal nur die Flucht durchs Fenster blieb, wie in der Zeitung stand.

Er füllt jedes Theater in seiner Paraderolle als *Danilo* in der *Lustigen Witwe*, ausgestattet mit weißem Schal und schwarzem Zylinder. Ich mag seine vibrierende Stimme nicht. Mir ist unverständlich, warum bei ihm die Frauen scharenweise in solch eine Hysterie verfallen.

Wenn meine Töchter so ausgehfein zurechtgemacht sind, bin ich jedes Mal richtig stolz auf sie. So modern sehen sie aus in ihren eleganten Kostümen, die Gerda genäht hat. Ihres ist königsblau mit einem geschwungenen Revers, den geraden, etwas breiteren

Schultern, der eng taillierten Jacke und dem schmalen Rock. Mit dem passenden Hütchen, der kleinen Handtasche mit Schlaufengriff und den Lederhandschuhen erinnert sie mich an eine Schauspielerin aus einem amerikanischen Film.

Helga ist nach wie vor etwas pummeliger und nicht ganz so groß, aber das wächst sich sicher noch aus. Nur beim Anpassen der Kleider, die Gerda für sie näht, muss ich mir immer ihre Streitereien anhören.

„Jetzt steh' doch endlich mal gerade hin und streck' nicht immer den Bauch raus! Wie soll ich denn da etwas abstecken, so sitzt doch hinten und vorne nichts!"

„Dann hack' doch meinen Bauch ab, wenn er dich so stört!" entgegnet Helga beleidigt.

Trotzdem sieht sie heute hübsch aus in ihrem hellen Sommermantel mit den aufgesetzten Blasebalgtaschen und den ebenso breiten Schultern. Dazu trägt sie einen kleinen Hut mit vorne hochgeschlagener Krempe und natürlich Lederhandschuhe. Denselben Mantel hat Gerda auch für mich genäht, er ist bequemer, als die engen Kostümjacken, obwohl wir um Stoff zu sparen, normalerweise schmale Kleidungsstücke tragen.

So gekleidet können sie sich in den besten Häusern sehen lassen.

„Dann wünsche ich euch viel Vergnügen heute Abend! Vergesst nicht der Garderobenfrau eine Flasche Schnaps für die Karten mitzubringen!" erinnere ich sie noch, bevor sie strahlend mit einem Blumenstrauß das Haus verlassen.

Von seinem Außendienst auf den Rittergütern, wo es Ottos Aufgabe ist, die Brennereien zu überwachen, bringt er öfters Schnaps in Flaschen mit. Jetzt, wo kaum noch etwas auf legalem Weg zu bekommen ist, blüht der Schwarzhandel und wir profitieren davon, indem wir noch öfters diesen Tausch, Schnaps gegen Eintrittskarten eingehen.

Unten klingelt jemand an der Haustüre. Beim Blick durchs Fenster kann ich den Briefträger erkennen.

„Ein Telegramm!" ruft er mir zu, als er mich am Fenster stehen sieht.

Das bedeutet nichts Gutes. Gute Botschaften werden durch ein Telegramm selten überbracht.

Vater ist tot ... Beerdigung am 12. September ... Gruß Mutter.

Das Herz, es hat aufgehört zu schlagen.

Selbstverständlich werde ich zur Beerdigung nach Hause fahren.

Privatfahrten sind eigentlich nicht mehr erlaubt. Züge dürfen ausschließlich für Kriegszwecke genutzt werden, aber beim Todesfall eines nahen Verwandten tritt eine Ausnahme-Regelung in Kraft.

Zugegebenermaßen fahre ich ungern. In ganz Deutschland wütet der Krieg. Dazu kommt dieses ungute Gefühl, das mich beschleicht. Zwar lasse ich mir nichts anmerken, aber ich spüre sehr genau, dass zwischen Otto und Friedl, seiner Wirtin, eine intime Beziehung besteht. Er ist nach wie vor ein stattlicher Mann und wirkt auf Frauen. Obwohl ich bisher immer auf eigenen Füßen stand, fühle ich mich jetzt doch allein gelassen.

Am frühen Morgen des 11. September 1944 besteige ich im Dresdener Hauptbahnhof den Zug. Ich muss mich auf eine lange

Fahrt vorbereiten, sie geht über viele Stunden.

Überall in den Städten und Landschaften, die ich passiere, hat der Krieg seine Spuren hinterlassen. Gespenstische Silhouetten zeichnen sich am Horizont ab. Schwarze ausgebrannte Ruinen, die Reste eines Bombenangriffs, werden heute von der Sonne beschienen, als wolle sie die Welt in ein freundliches Licht tauchen. Solche Bilder kenne ich bisher nur aus der Zeitung oder aus der Wochenschau, wo sie in einem schaurigen Grau dargestellt werden.

Gegen Abend fährt der Zug endlich im Hauptbahnhof von Stuttgart ein. Gerade kommt er zum Stillstand, als plötzlich Sirenen aufheulen.

„Fliegeralarm!" höre ich einige Passagiere entsetzt schreien.

Wohin nur? Gibt es hier einen Luftschutzkeller? Meine Gedanken überschlagen sich. Im Abteil entsteht ein heilloses Durcheinander. Alles schiebt und drängt mitsamt Koffern und Taschen auf den Bahnsteig, wo Bahnmitarbeiter lautstarke Anweisungen erteilen: „Schnell, schnell, alles raus hier, Fliegeralarm! Zum Wagenburgtunnel!"

Menschen rennen, ich renne hinterher, ohne genau zu wissen wohin. Immer der Straße entlang. Hoffentlich finden wir Schutz, bevor sie ihre Bomben abwerfen.

Gerade noch rechtzeitig erreichen wir den Tunnel, als Flugzeuge den Luftraum über der Stadt erreichen und die Detonationen der ersten Sprengbomben den Boden unter den Füßen erzittern lassen. Eingezwängt zwischen vielen Schutzsuchenden sitze ich in diesem Tunnel, der uns als Luftschutzkeller dient und bete, die Bomben mögen nicht direkt hier einschlagen. Der ganze Raum ist voll von Angst. Bei jedem Donnerschlag bebt die Erde, gefolgt von vielen Schreien, die im selben Augenblick ausgestoßen, sich wie ein einziger furchtbarer Aufschrei anhören. Erstarrt vor Todesangst, vergesse ich fast zu atmen. Meinen Vater wollte ich beerdigen und jetzt finde ich hier meine eigenes Ende.

Ich habe den Eindruck, eine Ewigkeit sei vergangen, bis die Sirenen endlich Entwarnung geben.

Lieber Gott, ich danke dir! Ich habe überlebt!

Wie die Ratten kriechen wir aus dem Untergrund nach oben in die dunkle Stadt. Nur einzelne Brände geben Licht. Ich will mich nicht umsehen, in der Hoffnung, so schnell wie möglich vergessen zu können, was ich hier erleben musste.

Der Bahnhof wurde von einer Zerstörung verschont, also kann ich meine Reise fortsetzen, obwohl mein Körper nicht aufhören will, zu zittern.

Am nächsten Tag findet die Beerdigung statt.

In der Kirche, gegenüber von meinem Elternhaus wird ein Trauergottesdienst abgehalten. Verwandte, Nachbarn, alle sind da, um Vater die letzte Ehre zu erweisen. Er war geschätzt hier im Dorf und für mich war er immer ein guter Vater.

Der Pfarrer hält eine lange, sehr ergreifende Rede. Danach, beim Läuten der Glocken zieht die ganze Trauergemeinde hinter dem Sarg zum Friedhof. Während die Träger den Sarg in das Grab hinunterlassen spielt die Bläser-Kapelle *„Lobe den Herren ..."*

Auf den Schlachtfeldern dieses Krieges gibt es tausende von namenlosen Toten, im Gegensatz dazu hat die Beerdigung eines alten Menschen, der keine Kraft zum Leben mehr hatte etwas Würdevolles.

Mutter scheint gut alleine zurechtzukommen. Vater hat wegen seines schlechten Gesundheitszustandes in den letzten Jahren die Wagnerei und die Landwirtschaft aufgeben müssen. Das Vieh wurde verkauft und die Felder und Wiesen verpachtet. Nur Hühner gibt es noch.

Hier, weitab von jeder größeren Stadt, meint man beinahe, es herrsche Frieden. Den Krieg kennt man nur aus dem Radio oder von den Erzählungen der Männer, die verwundet zurückkehren. Zu vielen Familien kommt er ins Haus, wenn sie den Tod von ihren Söhnen oder Ehemännern zu beklagen haben, die gefallen oder im Russlandfeldzug erfroren sind.

Wie in allen Städten findet man allerdings auch hier keine jüdischen

Geschäfte mehr. Der Schriftzug vom Kaufhaus *Bernstein* wurde abgenommen und die großen Schaufenster, die mich früher so sehr angezogen haben sind leer. Ebenso gibt es das Geschäft für den Herrn „*Salomon*" nicht mehr. Ich habe bei meinem kurzen Abstecher in die Stadt gar nicht genau hingesehen, wer diesen Laden übernommen hat. Es scheint auch sonst niemanden zu interessieren, denn niemand will mir Auskunft geben, wo die vorherigen Besitzer hingegangen sind.

Nach ein paar Tagen fahre ich voller Angst, auf dem Rückweg nochmal einem Angriff ausgesetzt zu sein, zurück nach Dresden.

Ohne weitere Zwischenfälle zu Hause angekommen, erzähle ich meiner Familie von meinem erschreckenden Erlebnis und wie gut wir es hier doch haben, da wir dies in Dresden nicht zu fürchten brauchen.

„Aus amerikanischen Flugzeugen wurden kleine Fallschirme abgeworfen", erzählen mir daraufhin meine Mädchen. „Zuerst dachten wir, es wären Süßigkeiten und wir haben uns schon riesig gefreut, waren aber kurz darauf um so mehr enttäuscht, als wir feststellen mussten, dass nur Zettel daran befestigt waren, auf denen stand: *Ihr Dresdner, ihr Zwerge, ihr kommt zuletzt in die Särge!*"

„Ach was", versuche ich zu beruhigen, „die wollen uns doch nur einschüchtern."

Ich schätze, bald ist der Krieg vorbei. Nur laut äußern darf man dies nicht, denn Hitler glaubt noch immer an den Endsieg, obwohl wir gegen die Alliierten eine Schlacht nach der anderen verlieren und die Zahl der toten deutschen Soldaten immer größer wird. Doch niemand wird eine Stadt zerstören, die so voll von Kunstschätzen ist und die zudem kein kriegswichtiges Ziel darstellt.

Nur wenige Tage später erhält Otto von seinem Bruder die Nachricht vom Tod ihrer Mutter in Sindelfingen.

Aus dem Brief liest er mir vor:

„Sindelfingen wurde bombardiert. Mutters Haus wurde nur teilweise zerstört, aber es war anschließend unbewohnbar.

Den Angriff hat sie im Luftschutzkeller der Nachbarn zwar überlebt, aber die Bombardierung und der Verlust ihres Hauses haben sie in solch einen Schockzustand versetzt, dass sie die Kraft zum Leben verließ."

Eine Tote, die man nie zu den Kriegsopfern zählen wird.

Die Tötungsmaschinerie der Amerikaner und Engländer fällt über eine Stadt nach der anderen her. Nicht nur Stuttgart, auch Darmstadt, Pforzheim, Duisburg, Köln, Saarbrücken und noch viele andere Städte sind zerstört. Berlin wurde schon zum fünften Mal bombardiert. Glücklicherweise konnten dort die meisten Menschen in Bunkern Unterschlupf finden und es gab nicht so viele Tote zu beklagen, wie man befürchtet hatte.

Die Rache für Hitlers Größenwahn bekommen wir, die Zivilbevölkerung zu spüren. Hier geht es nicht mehr um Gewinnen oder Verlieren, hier werden gezielt Menschenleben vernichtet und Städte zerstört. Nur nach dem Motto: Auge um Auge...

Mit der beinahe flächendeckenden Zerstörung Deutschlands wird der Krieg nun hoffentlich bald zu Ende sein. Trotzdem tönen aus dem Radio Hitlers Durchhalte-Parolen immer heftiger, um den Hass der Bevölkerung gegen den Feind zu schüren und tatsächlich jubeln ihm immer noch viele begeistert zu.

Auf dem Dresdner Hauptbahnhof treffen täglich immer mehr Vertriebene aus den Ostgebieten ein und die Stadt ist überfüllt mit Flüchtlingen. Sie fühlen sich hier sicher.

Trotzdem werden die Keller, so gut es geht als Luftschutzräume befestigt. Und die Häuser, die zusammengebaut sind werden durch Öffnungen in den Kellerwänden verbunden. Auch versorgt man uns ständig mit Ratschlägen, damit wir auf den Ernstfall vorbereitet sind. Mit den Kleidern sollen wir ins Bett gehen, lautet eine Anweisung und der Blockwart achtet streng darauf, dass abends die Verdunkelung eingehalten wird.

„Auf dem Altmarkt wird ein riesiges Becken aufgebaut, beinahe so groß wie der ganze Platz. Jetzt füllen sie es mit Wasser." erzählt Helga aufgeregt, als sie von der Straßenbahn-Haltestelle nach Hause kommt.

Warum werden diese ganzen Maßnahmen ergriffen? Sollten wir doch etwas zu befürchten haben? Irgendwie versuche ich uns beide zu beruhigen, aber ein ungutes Gefühl bleibt.

Jeder sehnt das Ende dieses wahnsinnigen Krieges herbei, um aus dieser Erstarrung befreit zu werden. Endlich wieder ohne Angst leben zu können, das wäre mein größter Wunsch.

Die rote Armee rückt immer weiter vor und Hitler gibt sich nicht geschlagen, dabei besteht unser Volkssturm nur noch aus Kindern.

Heute am 13. Februar 1945 ist zwar Faschingsdienstag, aber Veranstaltungen gibt es schon lange nicht mehr in Dresden. Nur ein paar Kinder sieht man tagsüber mit ihren Kostümen fröhlich durch die Straßen ziehen. Abends, während der Verdunkelung darf sich niemand mehr im Freien aufhalten.

Allmählich freue ich mich auf das Frühjahr, mit wärmenden Sonnenstrahlen. Fast ständig bin ich hier erkältet. So sehr mich am Anfang dieses diffuse Licht beeindruckt hat, musste ich bald feststellen, es ist die Feuchtigkeit, die als Nebel von der Elbe aufsteigt und sich in der Kleidung festkrallt. Otto macht mich ständig nach: „Mich friert's, mich friert's!" Dabei zieht er die Schultern hoch und schüttelt sich.

Von draußen hört man das Rumpeln und Krachen der Eisschollen auf dem zugefrorenen Fluss. Dieser Winter bringt uns eisige Kälte. Auch, weil es nicht mehr genügend Holz und Kohle gibt, um die Wohnung richtig zu beheizen, ist uns immer kalt. Nicht nur, weil wir dazu angehalten sind, sondern hauptsächlich, um nicht zu frieren, ziehen wir immer mehrere Kleidungsstücke übereinander.

Die Mädchen sind heute Abend früh zu Bett gegangen. Helga will noch auf ihre Prüfung zur Kindergärtnerin lernen. Die schriftliche Prüfung hat sie bereits absolviert; ihr fehlt nur noch die mündliche, dann hat auch sie einen abgeschlossenen Beruf. Gerda wiederum erfüllt mit ihren zwanzig Jahren als Hauswirtschaftsleiterin und Schneiderin schon alle Voraussetzungen für eine gute Ehefrau.

Zehn Uhr, ich werde jetzt wohl auch langsam zu Bett gehen. Von der Ferne ist ein Summen zu hören und plötzlich heulen Sirenen auf.

„FLIEGERALARM !" Durchzuckt es mich wie ein Blitz.

Ohne Vorwarnung kommt das Brummen von Flugzeug-Motoren näher. Durch diese Geräusche aufgeschreckt steht Gerda schon fertig angezogen da. Helga muss ich mit ihren siebzehn Jahren noch beim Anziehen helfen. „Selbst wenn es um dein Leben geht, nicht einmal dann lässt du dich aus der Ruhe bringen!" schreie ich sie an. „Schnell, runter in den Keller!"

Niemand hätte mit einem Angriff gerechnet, alles geschieht völlig überraschend und trotzdem reagiere ich so, als ob jeder Handgriff eingeübt wäre.

Der Himmel ist taghell erleuchtet. Das sind „Christbäume" schießt es mir durch den Kopf, die Leuchtraketen, die gezündet werden, um die verdunkelten Städte orten zu können.

Der Lärm wird heftiger und steigert sich zu einem ohrenbetäubenden Dröhnen. Die Bomber fliegen über die Dächer der Häuser hinweg. Von Weitem höre ich bereits Einschläge. Alles rennt durcheinander, wie ein aufgescheuchter Hühnerhaufen, nichts verläuft geordnet und alle schreien wir durcheinander, um uns bei dem anschwellenden Flugzeuglärm verständigen zu können.

Irgendwann schaffen wir es doch, uns bis zum Keller durchzudrängen.

„Setzt euch auf den Boden zu den Anderen!"

So viele unbekannte Gesichter, wie kommen die nur hierher? Ich hoffe, der Keller bietet ausreichend Schutz! Überall in der Nähe detonieren Bomben und die Flieger kommen so tief, als würden sie durchs Haus fliegen.

Ich drücke meine Töchter an mich. Gemeinsam ziehen wir automatisch die Köpfe ein, als ob uns das schützen könnte. Ein paar Frauen schreien hysterisch vor Angst. Plötzlich ein alles erschütternder Schlag – eine Bombe explodiert direkt über uns, in unserem Haus.

„Raus aus diesem Keller, in den nächsten!"

Durch das Loch in der Wand kriechen wir in den benachbarten Kellerraum.

Dort ist schon alles voll, aber die Leute sitzen stumm und regungslos. „Oh Gott, die sind alle tot!" entfährt es mir.

Hier finden wir keinen Schutz, der Luftdruck muss ihnen die Lungen zerrissen haben,

Wohin jetzt? Zeit zum Überlegen bleibt keine, alles muss in Sekunden-Bruchteilen entschieden werden.

„Zurück, nach oben!"

Endlich. - Das Donnern der Einschläge entfernt sich allmählich. Beim Blick auf die Uhr sehe ich, dass der Angriff eine halbe Stunde gedauert hat, die mir wie eine Ewigkeit erschien.

Durch die Haustüre versuchen wir auf die Straße zu gelangen.

„Ich muss noch mein Schmuckkästchen aus der Wohnung holen!"
teilt mir Gerda ganz aufgeregt mit.

„Bist du verrückt, die Decke stürzt gleich ein!" Ich packe sie
einfach am Arm und ziehe sie hinter mir her.

Die oberen Stockwerke sind auf die Straße gestürzt und wir
kämpfen uns über Trümmerberge zu den Elbwiesen vor, dem
breiten Grünstreifen vor der Elbe.

Die großflächige Bombardierung der Stadt hat einen tosenden
Feuersturm entfacht. Der dadurch entstehende Sog lässt uns kaum
vorwärtskommen. Überall auf den Trümmern liegen verkohlte
Leichen, Erwachsene, die jetzt zur Größe von Kindern geschrumpft
sind. Das Feuer hat sie auf ihrer Flucht eingeholt.

„Schnell weiter, nicht aufhalten!" treibe ich die Mädchen voran und
wir steigen über die entstellten Körper hinweg.

Ich funktioniere wie ein Automat. Vorwärts kämpfen und nicht
nachdenken! Nur raus aus dieser Hölle!

Der Überlebenswille verleiht übermenschliche Kräfte.

Die ganze Stadt ist glühend rot erleuchtet und die Luft voll von Ruß
und Staub, dazu unerträglich heiß.

Es ist in diesem schrecklichen Moment das einzige Glück, dass
unser Haus beinahe direkt an den Elbwiesen stand. An der Elbe,
dort wo es gestern noch eine Flaniermeile gab, setzen wir uns auf
eine Bank, völlig apathisch und sehen zu, wie unsere Wohnung

abbrennt. Zimmer um Zimmer.

„So, jetzt ist der Hitler wenigstens auch verbrannt."

Leider nur sein Bild, das bei uns pflichtgemäß im Wohnzimmer hing. In mir ist nur diese gallige Bitterkeit, einen vernünftigen Gedanken kann ich noch nicht fassen. Ich fühle nichts, gar nichts, nur eine große Leere.

„Sie kommen zurück!"

Dieser Wahnsinn ist noch nicht vorbei, wir haben die Hölle noch nicht durchschritten! Aus der Ferne sehe ich die Bomber zurückkehren. Sie hinterlassen mit ihren Brandbomben, die wie kleine Flugzeuge erscheinen eine helle Spur. Direkt hinter uns, an den Elbterrassen zur Straße hin, steht eine niedrige Stützmauer mit einem kleinen Vorsprung oberhalb. Dorthin ziehe ich die Mädchen mit.

Es nieselt leicht. Der Boden ist aufgeweicht.

Hintereinander und ganz eng pressen wir uns an diese Mauer, als wären wir ein Teil von ihr. Wir sind nicht die Einzigen, die dort Schutz suchen. Vor mir liegt Helga und davor eine alte Frau, die meint, außer ihrem Leben auch noch etwas von ihren Habseligkeiten retten zu müssen. Sie hat einen Korb dabei und zieht ihn möglichst nahe zu sich her.

„Wenn der Feuer fängt, sind wir in unserem Versteck verraten!"

Helga stößt ihn immer wieder weg, aber die Frau holt ihn sich wieder und wieder. Ein Flugzeug nach dem anderen donnert heulend über unsere Köpfe hinweg. Sie fliegen so tief, dass man in die Luken hineinsehen kann, aus denen die Brandbomben fallen. Keine schlägt direkt neben uns ein. Offensichtlich ist unsere Tarnung so gut, dass wir nicht gesehen werden.

Dieses Inferno scheint kein Ende zu nehmen. Immer mehr Bomber kommen auf uns zu – einer nach dem anderen und jeder entlädt seine todbringende Fracht.

Plötzliche Stille, nur noch das Brausen des Feuersturmes ist zu hören. Vorsichtig schaue ich zum Himmel. Er ist rot erleuchtet von der brennenden Stadt. Flugzeuge sind keine mehr zu sehen und ganz langsam kriechen wir aus unserem Versteck.

Menschen irren umher, mit dumpfem, leerem Gesichtsausdruck und keiner hat ein Ziel. Schreckliche Gestalten, ganz schwarz vom Ruß - ebensolche wie wir.

Ein Mann zieht eine Zinkbadewanne hinter sich her, unter der er Schutz gesucht hatte. Seine Augen irren verstört umher. Vielleicht war ihm das Schicksal gnädig und seine Erinnerung ist ausgelöscht.

Dresdens Altstadt ist in Trümmer gelegt und jeder, der in der Stadt war, kam darin um. Manche suchten noch Rettung, indem sie in das Löschwasserbecken auf dem Altmarkt sprangen. Aber das Feuer brachte das Wasser zum Kochen und den Menschen darin den Tod.

Wir folgen einfach dem Lauf der Elbe flussabwärts.

Jeder, der sein Leben retten konnte zieht in dieselbe Richtung. Ein ganzer Strom von Menschen bewegt sich entlang der Elbe, als wäre es die Lebensader an der man Halt und Orientierung findet.

„Weiter vorwärts gibt es einen Zug, der ins Erzgebirge fährt!" höre ich eine Stimme aus der Menge rufen und alle folgen wie ein Herde Schafe, dorthin wo der Rufer vermutet wird.

Es ist stockdunkel, die brennende Stadt liegt hinter uns und keiner sieht zurück. Jeder will nur weg und das nackte Leben retten. Doch alleine ist man in der Nacht verloren, deshalb ist es besser zusammenzubleiben.

Tatsächlich kommen wir bald an ein Gleis, auf dem ein Güterzug steht.

„Schnell, schnell rauf auf den Wagen!" treibe ich die Mädchen an und wir klettern auf den offenen Waggon. Ein paar Hände strecken sich uns entgegen und ziehen uns hoch.

Froh, noch einen Platz zwischen anderen Flüchtlingen erwischt zu haben, warten wir einfach ab, was geschieht. Plötzlich gibt es einen Ruck und der Zug fährt jämmerlich quietschend los.

Die Nacht ist immer noch eisig kalt und jetzt, wo wir uns vom Feuer entfernt haben dringt die Kälte beißend durch unsere Kleider. Dicht gedrängt wärmen wir uns gegenseitig in dem überfüllten

Waggon.

Ich habe kein Gefühl dafür, wie lange wir fahren. Zu viele Gedanken gehen mir durch den Kopf, außerdem fühle ich mich müde und kraftlos - bis der Zug plötzlich hält. Soweit man das im Dunkeln erkennen kann, sind wir irgendwo auf dem Bahnhof einer kleinen Stadt, inmitten von Wäldern und Bergen gelandet.

„Wir müssen hier raus, wenn wir zu weit weg sind, kann uns Vater nicht mehr finden."

Er kann ja nicht wissen, ob wir überhaupt noch am Leben sind. Von Döbeln aus hat er sicherlich zugesehen, wie Dresden in Flammen aufgeht.

Ich brauche jetzt unbedingt einen klaren Kopf! Meine Kinder setzen ihr ganzes Vertrauen in mich, dass ich sie in dieser Situation an der Hand nehme und herausführe, aber im Moment fehlt mir selbst eine starke Hand, die mir sagt, was ich zu tun habe. Mir bleibt nichts anderes übrig, als mich vom Schicksal treiben zu lassen.

Zitternd vor Erschöpfung und Kälte, machen wir uns auf, einen Unterschlupf für den Rest der Nacht zu suchen. Der kleine Ort, in dem wir angekommen sind kann uns nicht aufnehmen, zu viele wollen dort übernachten.

„Wir müssen versuchen außerhalb des Ortes unterzukommen."

Da vorne sehe ich einen Weg, der ziemlich steil nach oben führt.

Ein winziger Rest Hoffnung treibt uns dort hinauf.

Am Ende dieses Weges entdecken wir tatsächlich ein kleines Haus.

Ob uns dort jemand aufnimmt?

Die ganze Welt ist über mir zusammengebrochen, ich habe nur noch dieses bisschen Leben. Wäre es nicht besser gewesen, zu sterben, wie so viele in dieser Nacht?

„Mama, komm, wir müssen es probieren!" holen mich meine Mädchen in die Realität zurück. Vielleicht hat in diesem Haus jemand Mitleid mit uns.

Ja, ich habe eine Verantwortung und meiner Kinder wegen, darf ich hier nicht aufgeben! Nur dieser eine Gedanke lässt mich verzweifelt an diese Haustüre hämmern und falle vor Aufregung in den Dialekt, der mir von Geburt an vertraut ist:

„Bitte, bitte, machet auf ond lasset ons nei, mir sin in Dresden ausbombt worde!"

Einen schmalen Spalt breit geht die Tür auf und wird sofort wieder zugeschlagen. „Bitte, erbarmt euch doch, mir sin doch nur drei Fraue!" versuche ich es nochmal. Ganz langsam geht die Tür auf, ein Mann und eine Frau stehen dahinter und werfen einen misstrauischen Blick auf uns.

„Kommt, schnell!"

Die Türe öffnet sich noch ein Stück weiter, so dass wir nacheinander durch schlüpfen können. Ein Paar im mittleren Alter lässt uns in einen kleinen, niedrigen Raum eintreten und, nachdem

194

sie uns kurz abschätzend gemustert haben, hellen sich ihre Mienen langsam auf.

„Entschuldigt, dass wir euch die Türe vor der Nase zu geschlagen haben, wir mussten annehmen, ihr seid Russen."

Ihr erster Blick fiel auf unsere schwarzen Gesichter, noch dazu ist ihnen unser schwäbischer Dialekt fremd und unverständlich.

Eine warme Stube, was für ein Segen! Bei dieser Kälte ein Dach über dem Kopf zu haben, ist mehr, als man erwarten darf. Graupensuppe und Brot gibt es auch für uns. Lieber Gott, ich danke dir!

Es wird nicht viel gesprochen und dafür bin ich auch dankbar. Schweigend löffeln wir die Suppe und währenddessen deutet die Frau auf mich und sagt: „Du kannst in meinem Bett schlafen, ich teile mir das Bett mit meinem Mann. Für deine Töchter lege ich einen Strohsack auf den Fußboden. Ein paar Decken bekommt ihr auch."

Obwohl ich todmüde bin und ich mich vor Erschöpfung kaum noch regen kann, finde ich keinen Schlaf. Immer noch meine ich, das Heulen der Flugzeuge zu hören und die Schreie der Menschen. Der Brandgeruch sitzt noch in den Kleidern und lässt mich der Wirklichkeit nicht entfliehen. Gerda und Helga scheinen auch keine Ruhe zu finden. Diese Nacht wird uns noch lange verfolgen.

Irgendwann bin ich wohl doch eingeschlafen, weil mich am Morgen

Alltagsgeräusche wecken. Im Raum daneben knarren Holzdielen unter den Schritten der Hausbewohner und in der Küche hört man das Klappern von Geschirr.

„Guten Morgen! Es tut mir leid, wenn wir euch geweckt haben."
Die Frau erklärt mir, Ernst, ihr Mann sei bei der Arbeit im Ort wo er die Straßen fegt und den Abfall einsammelt. Ihr magerer Körper steckt in einer verwaschenen blauen Kittelschürze mit ehemals weißen Blümchen, die jetzt blau-grau erscheinen. Obwohl sie bestimmt nicht älter als vierzig ist, sind ihre struppigen, dunklen Haare von grauen Strähnen durchzogen, ihre Augen jedoch haben einen wachen, strahlenden Ausdruck.
„Ich mache euch etwas zu Essen, aber außer Haferbrei kann ich euch nichts anbieten. Wir sind arme Leute. Ich heiße übrigens Wilma."
„Ihr gebt uns mehr, als wir erwarten dürfen!"
Außer unserem Leben haben wir nichts gerettet, deshalb bin ich unendlich dankbar von diesen Leuten hier, an einem sicheren Ort eine Aufnahme gefunden zu haben. Aber wie geht es nun weiter? Ich sollte mir darüber Gedanken machen, aber im Moment fühle ich mich vollkommen orientierungslos. Ich wünsche mir so sehr, dass Otto hier wäre und nicht alles auf mir lastet.
„Unser kleines Haus bietet zwar nicht viel Platz, aber für ein paar Tage könnt ihr bleiben."

Das Angebot von Wilma nehme ich sehr gerne an. Das gibt uns etwas Zeit, in der wir uns einen Plan zurechtlegen können.

Mir geht nur ein Gedanke durch den Kopf, den ich laut äußere, als wir abends alle zusammen um den Tisch sitzen:

„Vater sollte wissen, dass wir noch leben und wohin wir geflüchtet sind. Ich sehe nur keine Möglichkeit, ihn zu benachrichtigen."

Ernst weiß sofort einen Rat. Er meint, sobald sich die Brände gelegt haben, wollen Soldaten mit Lastwagen nach Dresden fahren. Dort können Verwandte ehemaliger Bewohner Nachrichten an den Ruinen hinterlassen, um eventuell Überlebende zu finden.

„Da fahre ich mit!" erklärt sich Gerda sofort bereit. „Ich befestige an unserem Haus einen Zettel, damit Vater weiß, dass wir leben und wo wir uns aufhalten. Sicher sucht er nach uns. Außerdem möchte ich wissen, wie es jetzt dort aussieht."

Ich muss Gerda bewundern für ihren Mut. Gleichzeitig bin ich dankbar, dass sie diese Aufgabe so bereitwillig übernimmt.

Es dauert noch acht Tage, bis sich die Brände gelegt haben und es überhaupt jemand wagt, sich der Stadt zu nähern.

Ich begleite Gerda zum LKW. Dort sitzen schon mehrere Passagiere, die alle nach Dresden wollen. Zwei Frauen strecken ihr die Hände entgegen und ziehen sie auf die Ladefläche. Wenigstens muss sie nicht alleine fahren, trotzdem mache ich mir Sorgen, ob sie wieder unbeschadet zurückkommt. Unterwegs könnten sie unter Umständen auf allerlei Gesindel stoßen und keiner kann wissen, dass bei diesen Insassen nichts zu holen ist.

Ich helfe Wilma beim Kochen und beim Saubermachen ihres Häuschens, um mich abzulenken. Den ganzen Tag bin ich unruhig und blicke immer wieder entlang der Straße, ob ich den LKW kommen sehe.

Endlich gegen Abend bringen die Soldaten alle wieder zurück. Mir fällt ein Stein vom Herzen, ich hatte später doch ein schlechtes Gewissen, Gerda alleine gehen zu lassen. Jetzt sind wir allerdings gespannt, was sie uns für Nachrichten mitbringt.

„Von Dresden ist fast nichts mehr übriggeblieben. Es ist ein schauriger Anblick. Der Wind pfeift durch die Ruinen und überall flattern weiße Zettel."

Nicht nur für uns, sondern auch für viele andere ist es die einzige Hoffnung, doch noch Angehörige zu finden.

„Ich habe unsere Nachricht mit einem Stein an dem Rest unseres Hauses befestigt, damit sie nicht weggeweht wird."

Wir können jetzt nur noch warten.

Zehn Tage verbringen wir schon bei diesem herzensguten Ehepaar. Die Stunden vergehen, ohne etwas von Otto zu hören und jeden Tag habe ich mehr und mehr die Befürchtung, wir würden unseren Gastgebern zur Last fallen. Doch in der Dumpfheit ihres ärmlichen Alltags sind wir vielleicht seit langem die einzige Abwechslung.

Es gibt nicht viel, wobei ich mich nützlich machen kann. Alles ist schnell getan.

Der Versuch unsere Kleider vom Ruß und Dreck zu befreien, gelingt nur teilweise, aber das stört außer uns niemanden. Auch sind die Löcher, die durch umherfliegende Funken entstanden sind trotz Gerdas Schneiderkunst nicht mehr zu reparieren, ebenso die eingerissenen Stellen.

Immer wieder geht einer von uns ein Stück die Straße entlang und jeder kommt enttäuscht zurück, weil von Otto weit und breit nichts zu sehen ist.

Als ich vom Häuschen aus wieder einmal den Horizont absuche, meine ich auf der Straße, die zum Dorf führt in der Ferne unseren DKW zu erkennen.

„Schnell, kommt mit, Vater ist da!" fordere ich meine Mädchen auf, die sich noch im Haus aufhalten.

Es ist der Wunsch oder die Hoffnung die uns antreiben, und zu dritt eilen wir den steilen Weg hinunter.

Tatsächlich kommt uns Otto schon zu Fuß entgegen.

Gleichgültig, wie meine Gefühle für ihn bisher auch aussahen, ich fühle mich unendlich erleichtert endlich einen Mann an meiner Seite zu wissen und Otto scheint wirklich glücklich, seine Familie gefunden zu haben.

„Ich war völlig verzweifelt vor Sorge um euch. Hilflos musste ich zusehen, wie Bomben auf Dresden fallen und die ganze Stadt brennt. Mir blieb nur die leise Hoffnung, dass ihr euch an die Elbe retten konntet."

Auch er hatte mehrere Versuche unternommen, in der Stadt nach uns zu suchen und hat den Zettel von Gerda nach einer Woche gefunden. Es geschehen trotz allem noch Wunder.

Die Freude erfasst auch unsere Wirtsleute und sie laden Otto ein, sich mit an den Tisch zu setzen und zu erzählen. Vielleicht ist es ja auch die Aussicht, ihr Haus bald wieder ganz für sich zu haben, was sie so fröhlich stimmt.

Otto berichtet, er habe den Keller unseres ehemaligen Hauses inspiziert und dort die Kiste mit dem guten Ludwigsburger Porzellan gefunden. Die Kaffeekanne, eine Tasse mit Untertasse und ein Teller sind anscheinend noch ganz geblieben. Nur das Dekor sei schwarz geworden. Die Farben haben der Hitze nicht standgehalten.

„Später ist mir auf den Elbwiesen ein Koffer aufgefallen, der dort hochkant stand," fährt er fort. „Er schien niemandem zu gehören und bei näherem Hinsehen musste ich feststellen, dass es unser Koffer ist. Wie der dort hinkam, weiß der Himmel!"

Für manche Dinge gibt es einfach keine Erklärung, aber wenigstens haben wir jetzt etwas zum Anziehen und müssen nicht mehr in diesen Lumpen herumlaufen.

„Wir können vorerst auf einem Rittergut unterkommen, ich kenne dort den Gutsherrn, einen Grafen," meint Otto.

In Sachsen und im Erzgebirge gibt es viele Rittergüter aus uraltem Familienbesitz mit Schnaps-Brennereien, deren Kontrolle Ottos Aufgabe war. Er meint ja, er sei immer noch beim Zoll im Außendienst tätig. Allerdings, ganz sicher ist er sich nicht, ob er seine Stelle noch hat, oder ob sie mittlerweile schon gestrichen wurde.

Einem deutschen Beamten liegt die pflichtgetreue Erfüllung seiner Aufgaben im Blut, bis zum Schluss. Auch wenn ganz Deutschland im Chaos versinkt, muss trotzdem alles seine Ordnung haben und die Brennereien müssen ihre Steuern abführen.

„Zurück können wir nicht mehr, es gibt nur noch verbrannte Erde. Nichts hält uns hier. Wir versuchen irgendwie in deine Heimat zu gelangen, Els." meint Otto und erklärt uns, dass er vorhat im bayrischen Ort *Hof* die Grenze zum amerikanischen Sektor zu passieren.

Zu wissen, dass mich jemand an die Hand nimmt mit einem durchdachten Plan, gibt mir ein Gefühl der Sicherheit und Beruhigung. In dieser Hinsicht kann ich mich auf Otto verlassen, das war mir klar.

„Wir danken euch von ganzem Herzen für die Gastfreundschaft und die Hilfe in unserer großen Not." Beim Abschied von Wilma und Ernst sind alle gerührt. Für viele Worte bleibt keine Zeit. Mit dem Auto und dem Wenigen, was wir aus Dresden gerettet haben fahren wir über schlammige Straßen und erreichen nach etwa zwei Stunden das Gut.

Es sieht aus wie ein riesiges quadratisches Gebäude mit unterschiedlich hohen Dachfirsten. Sobald wir durch das Tor fahren erstreckt sich vor uns ein großer Innenhof mit einem kleinen See in der Mitte. Die niedrigeren Gebäude sind Stallungen für Pferde und Vieh.

Im Innenhof herrscht ein ziemliches Durcheinander. Außer uns gibt es noch mehr Flüchtlinge und alles sieht nach Aufbruch aus. Der Graf und seine Familie haben ihren Besitz bereits verlassen und sich in Sicherheit gebracht, bevor er von der roten Armee besetzt wird. Jetzt fühlen sich der Verwalter und seine Gattin als die neuen Herren. Von Hermann, wie er sich vorstellt bekommen wir ein Zimmer in einem der seitlichen Flügel zum Schlafen zugewiesen. Vor uns waren hier wohl die Dienstboten untergebracht.

„So ein riesiger ungehobelter Klotz. Wie der aussieht mit seinem roten Gesicht, hat er sicherlich die Restbestände von seinem Schnaps selbst gesoffen," befürchte ich und Gerda entdeckt mit Schrecken: „Die Zimmertüre hat kein Schloss !"

Otto beruhigt uns: „ Dann schieben wir nachts einfach das Bett vor die Tür nicht, dass ihr Frauen ungebetenen Besuch bekommt."

Im Laufe des Tages kommen immer noch mehr Flüchtlinge. Der Besitz ist groß und bietet Platz für viele.

„Die Reiterin da, mit ihren Pferden! Die kenn' ich! Das ist doch die berühmte Dressurreiterin."

Im *Völkischen Beobachter* war ein Bild von ihr und in der Wochenschau habe ich sie auch schon gesehen. Sie ist eine eindrucksvolle Erscheinung mit ihren dunklen, streng nach hinten frisierten Haaren und ihrer geraden und stolzen Haltung. Viele Blicke sind plötzlich auf sie gerichtet.

Aus einiger Entfernung kann ich beobachten, wie Hermann ständig Bücklinge vor ihr macht und bemüht scheint, ihr jeden Wunsch zu erfüllen.

Helga möchte am Tag darauf bei einem Spaziergang die Örtlichkeit ein wenig erkunden, kommt aber bald wieder ganz verstört zurück und teilt uns ihre Entdeckung mit: „Hermann liegt mit der Reiterin im Stroh, bei den Pferden im Stall! Sie haben mich aber nicht gesehen."

„Das ist auch gut so. Manchmal drückt man am besten beide Augen zu", entgegne ich.

Jeder nimmt sich, was er bekommen kann. Die Sitten sind roh geworden und alte Strukturen existieren nicht mehr, es herrscht nur noch Chaos und Anarchie.

Der See in der Mitte des Gutes ist als Feuersee angelegt. Er erscheint nicht sehr tief, da er voller Schlamm ist. Über Jahre hinweg wurde er wohl nicht mehr gepflegt.

"Hermann, du musst alle Fässer mit den Restbeständen an Schnaps darin versenken, damit sie nicht zur Kriegsbeute werden!" weist Otto den Gutsverwalter an. Der führt den Auftrag, wahrscheinlich auch in eigenem Interesse sofort aus. Fünf Fässer mit Schnaps rollt er in den See. Sie versinken sofort in dem leichten Material, das sich auf dem Grund abgesetzt hat.

Es dauert allerdings noch einige Zeit, bis sich der aufgewirbelte Schlamm gesetzt hat und die Oberfläche wieder einigermaßen klar erscheint.

Mich wundert, dass Otto immer noch einen gewissen Respekt geniest, obwohl wir jetzt nichts als einfache Flüchtlinge sind und nicht einmal er selbst genau sagen kann, ob er überhaupt die Befugnis hat, Anordnungen zu erteilen.

In der Nacht dringen laute Stimmen und grölende Gesänge von Betrunkenen aus der Richtung des Sees in unser Zimmer, das am Innenhof liegt.

Vom Fenster aus können wir beobachten, wie ein paar Männer sich nackt ausziehen und in den See steigen. Unter großem Jubel holen sie die versenkten Fässer wieder heraus.

„Hatten die nicht deutsche Uniformen an?" frage ich Otto, der meine Vermutung bestätigt.

„Das sind also unsere Soldaten! In den Wochenschauen wurden sie immer als strahlende Helden dargestellt."

„Womöglich sind es Deserteure vom Volkssturm, die nachts aus ihrem Versteck kriechen," entgegnet Otto.

Sollten sie entdeckt werden, wartet auf sie der sichere Tod. Wohl im Bewusstsein nichts mehr verlieren zu können, oder um ihre Angst für einige Zeit zu betäuben, besaufen sie sich sinnlos.

Wer Deserteure versteckt, oder sie nicht sofort anzeigt, muss mit der Todesstrafe rechnen. Deshalb verhalten wir uns, entfernt vom Fenster ganz ruhig und hoffen, dass wir von niemandem gesehen werden.

Um ihren Rausch auszuschlafen, verziehen sie sich noch in der Nacht wie Ratten in ihre Löcher und lassen sich nicht mehr blicken.

In der Ferne sind immer wieder Schüsse und Bombeneinschläge zu hören. Hitler rekrutiert alles, was eine Waffe tragen kann. Buben, noch halbe Kinder sind in ihrer Verblendung stolz, endlich zum Volkssturm eingezogen zu werden um Deutschland in den Endsieg zu führen. Durchhalten sollen wir, das ist die Parole, aber für was? Es ist doch schon alles verloren. Die Amerikaner sind jetzt unsere Befreier und bereits bis zur Elbe vorgerückt. Noch vor wenigen Tagen wollten sie mich mit ihren Bomben töten.

Die rote Armee, momentan die viel größere Gefahr, dringt aus dem Osten vor und wir geraten zwischen die Fronten.

„So schnell wie möglich weg von hier, bevor sie uns einholen! Sie gebärden sich, wie die wilden Tiere, sagt man, plündern und vergewaltigen jede Frau, derer sie habhaft werden können," drängt Otto und stellt fest, dass die Reiterin mit ihren Pferden bereits weitergezogen ist.

Unser Auto ist weg! Morgens ist es einfach nicht mehr da. Es ist so ärgerlich. Jeder Gegenstand, den man nicht rund um die Uhr mit dem Gewehr in der Hand bewacht wird gestohlen.

Eine andere Erklärung wäre, dass unser alter DKW konfisziert wurde, denn alles was Räder hat, wird zum kriegswichtigen Gerät erklärt.

„Wie sollen wir bloß von hier wegkommen?" frage ich mich.

Der Verwalter türmt inzwischen Möbel und Vorräte in kürzester Zeit hoch auf einen Wagen und spannt die Pferde ein. Für uns ist da kein Platz vorgesehen. Nur er und seine Gattin, machen sich auf dem Kutschbock breit. Wir haben nur die Wahl, uns entweder anzuschließen und hinterherzulaufen, oder hier auf die Ankunft der Russen zu warten.

Wir folgen ihnen so gut es geht und trotten hinter dem schwankenden Gefährt her, damit sie uns zu einer sicheren Unterkunft führen. Auf den unbefestigten Wegen kommen die Pferde mit dem überladenen Wagen nur langsam voran.

Ich bin es nicht gewohnt, so weite Wege zu Fuß zurückzulegen und muss mich deshalb auf Otto stützen, da mein Herz mit dieser außergewöhnlichen Belastung zu kämpfen hat. Mein Atem geht schwer.

Die Herrschaften haben sich ausreichend Vorräte eingepackt, es mangelt ihnen an nichts. Doch uns werfen sie wie Tieren ihre Essensreste zu. Brot, oder ein Stück Speck, wo außer der Schwarte kaum noch Fleisch zu finden ist.

Es ist so demütigend.

Gegen Abend endlich gelangen wir zu einem großen Bauernhof etwas außerhalb eines Dorfes im Erzgebirge. Auf die Bitte, für eine Nacht bleiben zu dürfen, lässt uns die Bäuerin auf ihrem Hof übernachten.

Das Zimmer ist winzig und es finden gerade mal zwei Betten darin Platz, eines für Otto und mich und eines für die Mädchen, aber für die Nacht sind wir hier sicher.

Die Herrschaften ziehen derweil weiter, sie haben Lebensmittel und kommen mit ihrem Pferdefuhrwerk ohne uns gut voran, während wir nicht mehr in der Lage sind, uns zu Fuß und ohne Nahrung vorwärts zu kämpfen.

„Wenn ihr auf dem Hof mitarbeitet, bekommt ihr Essen und dürft bleiben. Was könnt ihr denn?"

Das Angebot der Bäuerin schlagen wir natürlich nicht aus. Otto bietet sich sofort an, alle anfallenden handwerklichen Arbeiten auszuführen und meint, wir Frauen könnten uns im Haus nützlich machen."

„Gut, dann streichst du alle Scheunentore. Farbe findest du im Schuppen. Deine Frau kann beim Kochen helfen und die Mädchen entfernen die Triebe von den Kartoffeln, um sie nicht den Schweinen verfüttern zu müssen!"

Außer der Bäuerin Hedwig leben noch deren Schwester Margot, die Schwägerin Elfriede, zwei erwachsene Töchter, Irmi und Käthe samt einer Schar von Kindern auf dem Hof. Die Männer sind an der Front, oder in russischer Gefangenschaft. Ein Sohn und der Mann der Schwester sind gefallen. Zusammen mit ein paar polnischen Fremdarbeitern erledigen die Frauen die schwere Arbeit. Da sind ein paar Hände mehr sehr willkommen.

Bei der Küchenarbeit bietet sich die Gelegenheit für eine Unterhaltung und manchmal singen wir auch miteinander wobei die Sorgen für kurze Zeit in den Hintergrund treten.

„Gerda ist Schneiderin?" rufen die Frauen beinahe gleichzeitig voller Überraschung aus, als ich ein wenig über unsere Familie erzähle. Die Bäuerin und ihre älteste Tochter Irmi greifen sich jeder einen Spaten und fordern uns auf, ihnen zu folgen.

Hinter dem Haupthaus, bei den Apfelbäumen fangen sie an zu graben. Völlig ratlos sehen wir ihnen zu und sind gespannt, nach was sie suchen.

Kurze Zeit später ist zu hören, dass sie auf etwas Hartes gestoßen sind und zwei große Kisten kommen zum Vorschein. Nach dem Öffnen fällt unser Blick auf etliche Stoffballen, die sorgfältig in Planen eingeschlagen sind. Stoffe, mit bunten Blumenmustern bedruckt, als hätte man den Sommer in diesen Kisten beerdigt.

„Im Tausch gegen Lebensmittel haben wir Stoffe erworben. Sie sollten so lange versteckt bleiben, bis sich jemand findet, der uns Kleider und Schürzen daraus näht. Jetzt haben wir sogar eine richtige Schneiderin im Haus!"

Die Frauen sind ganz aufgeregt vor Begeisterung und Gerda ist froh, dass sie sich für die Unterbringung von uns allen revanchieren kann, zumal Helga plötzlich krank wird und nicht mehr arbeiten kann.

Ihr Kopf und Rücken sind voller Schorf und außerdem hat sie allem Anschein nach eine ansteckende Gürtelrose – eine Nervenkrankheit. Von uns allen kann sie das Erlebte wohl am schwersten verarbeiten. Medikamente sind keine zu bekommen, ihr Körper muss sich selbst helfen. Gerda schläft auf dem Fußboden und überlässt Helga das Bett, damit sich ihre Schwester auskurieren kann.

„Sonne, endlich Sonne!" Die erste Frühlingssonne trifft am nächsten Tag unsere Haut und erwärmt auch unsere Gemüter. Ich habe die Hoffnung, dass wir hier zur Ruhe kommen können. Die Frauen nehmen uns auf, als gehörten wir zur Familie. Bisher hatten wir Glück, indem immer ein Dach und ein Bett für uns bereit stand. Wir haben jetzt Mitte März, das heißt wir sind schon seit einem Monat unterwegs seit jener Nacht.

„Wer singt denn da? Hört doch!" lenkt Irmi, unsere Aufmerksamkeit auf einen Gesang, der abends vom Hof des Hauses erklingt.
„O du holder Morgenstern, wie bist du so nah und doch so fern!"
Ein junger deutscher Soldat singt mit wunderbarer, kräftiger Stimme. Es ist ein erhebender Moment, nach all dem Schrecklichen, was wir in diesen Tagen durchgemacht haben, so einen herrlichen Gesang zu erleben. Zugleich wirkt es befreiend, endlich Tränen haben zu können.

Doch kaum ist das Lied zu Ende, verschwindet der Sänger eben so unerwartet, wie er aufgetaucht war.

Dieses Erlebnis hallt noch lange in uns nach. Alles können sie verbrennen und zerstören, außer der Schönheit die wir uns in unseren Herzen bewahrt haben. Sie schützt uns vor der völligen Verrohung.

Der Flüchtlingsstrom reißt nicht ab. Die rote Armee treibt die Bewohner aus den besetzten Gebiete vor sich her.

Eine Frau, die sich kurz auf dem Bauernhof aufhält erzählt, dass die Russen bei ihrer Ankunft auf dem Rittergut, wo wir zuvor Unterschlupf fanden, alles kurz und klein geschlagen haben. Aus den wunderbaren, schweren, alten Möbeln bauten sie sich eine Bühne, um darauf zu tanzen.

Russland war bekannt durch seine besonders hochstehende Kultur. Doch in die endlose Weite, Sibiriens scheint sie nicht vorgedrungen zu sein.

Die Soldaten wurden in erster Linie von dort rekrutiert. Mit einer Waffe in der Hand fühlen sie sich übermächtig und gebärden sich wie eine Horde wilder Tiere. Alles, was ihnen wertvoll erscheint, wird gestohlen. Vieles ist für sie neu und unbekannt. Uhren,

Besteck, mechanische Geräte und natürlich Schmuck – was glänzt und sich bewegt erweckt ihr Interesse.

Immer wieder ermahne ich Gerda, ihre goldene Armbanduhr abzulegen, aber auf mich will sie einfach nicht hören. Es ist viel zu gefährlich, Schmuck zu tragen.

Man erzählt sich die grausamsten Dinge von Vergewaltigung und Mord, wenn eine Frau in die Hände der russischen Soldaten fällt.

Mit ihrer Unvorsichtigkeit riskiert sie Kopf und Kragen.

„Wir sind hier sicher. Die Gegend ist doch von den Amerikanern besetzt. Warum sollte ich also meine Uhr hergeben?" trotzt Gerda schon wieder. Ich kann nur hoffen, dass sie recht behält.

Doch über Nacht schlagen sich die Russen durch und die Amerikaner ziehen sich unbemerkt zurück.

Vorerst halten wir uns in unseren Häusern auf und beobachten die neuen Besatzer vorsichtig. Sie fühlen sich als die Mächtigen im Land und schießen zu unserer Einschüchterung wild durch die Luft.

Es wird kein Hehl daraus gemacht, dass sie großes Interesse an Uhren besitzen. Stolz tragen sie ihre Beute hoch bis zu den Ellbogen.

Plötzlich fängt bei einem Soldat ein Wecker an zu klingeln, den er sich in die Tasche gesteckt hat. Völlig irritiert und ratlos, wie er diesen lauten, bedrohlichen Ton abstellen kann, wirft er den Wecker weit von sich auf die Straße und bringt ihn mit einer ganzen Salve von Schüssen zum Schweigen.

Unter der russischen Besatzung wird unser Alltag stark eingeschränkt. Wir haben nur noch zu bestimmten Zeiten die Erlaubnis im Dorf Besorgungen zu machen. Ansonsten haben wir uns in unseren Häusern aufzuhalten. So sind die Straßen besser zu bewachen.

Vormittags von zehn bis zwölf Uhr darf eingekauft werden. Ich schicke Gerda und Helga mit den Lebensmittel-Marken in den Laden im Dorf mit dem Auftrag, alles mitzubringen was angeboten wird und wie viel sie für die Marken bekommen, egal ob Mehl, Zucker oder Butter.

Ganz verstört und außer Atem kommen die beiden aber schon nach kurzer Zeit wieder zurück und ins Zimmer gestürmt.

„Was ist passiert! Ihr seht ja total verängstigt aus!"

„Plötzlich standen wir vor einer Gruppe Russen," sprudelt es aus Gerda nur so heraus und sie zittert dabei vor Aufregung. „Helga schreit, schmeiß' deine Uhr weg, die bringen uns um! Sofort sind wir davongerannt und ich habe sie weit weg von mir in einen Garten geworfen. Vor Angst haben wir an die Türen der umliegenden Häuser gepocht, aber niemand wollte uns einlassen. Alle fürchteten sich davor, wir würden von den Soldaten verfolgt."

Anscheinend waren die aber so sehr abgelenkt während sie den

Garten auf der Suche nach der Uhr umgraben, dass sie fliehen konnten. Ich schlage die Hände über dem Kopf zusammen.

„Lieber Gott sei Dank! Immer habe ich dich gewarnt: Zieh deine Uhr aus!"

Noch bin ich mir unsicher, welches Gefühl überwiegt, der Ärger über ihren Ungehorsam, oder die Erleichterung, dass ihnen nichts passiert ist.

Nach diesem Vorfall ist Otto der Ansicht, wir müssen so schnell wie möglich nach Hof über die grüne Grenze zwischen Sachsen und Bayern zum Hauptzollamt, da wir hier auf keinen Fall mehr sicher sind und trifft unverzüglich Vorkehrungen für unsere Weiterreise.

„Wo hast du bloß wieder diesen Handwagen aufgetrieben. Der sieht ja schon ziemlich ramponiert aus," wundere ich mich.

„Die Bäuerin hat mich mit Butter entlohnt und dafür habe ich den Wagen eingetauscht. Das Wenige, was er zu befördern hat, hält er garantiert noch aus."

Vier oder fünf Wochen, das Zeitgefühl kommt mir allmählich völlig abhanden, haben wir auf dem Gutshof verbracht. Der Abschied fällt uns nicht leicht, da wir in dieser Zeit beinahe wie eine Familie zusammengewachsen sind. Für die bevorstehende Reise bekommen wir viele Vorräte eingepackt. Hauptsächlich ist dies Gerdas Verdienst, sie hat sich mit ihrer Näherei die ganz besondere Zuneigung der Frauen erworben.

Ich bete und hoffe für sie, dass sie von den Soldaten nichts zu befürchten haben.

Überall gibt es Kontrollen und niemand darf sich unerlaubt entfernen, deshalb machen wir uns heimlich bei Einbruch der Dunkelheit auf den Weg. Wir müssen dabei sehr vorsichtig und leise vorgehen, es ist gefährlich nachts auf der Straße. Die Russen sind unberechenbar, sie schießen auf alles, was sich bewegt.

Aber ringsum ist es ruhig, und wir kommen ungehindert zum Bahnhof. Dort steht ein Zug mit offenen Waggons.

Wir haben Glück und finden einen, der völlig leer ist. Wir Frauen klettern mit Ottos Hilfe hoch und ziehen mit vereinten Kräften das Gepäck nach, samt dem Handwagen.

Es ist ein schweres Stück Arbeit und dabei dürfen wir keinen

Lärm machen, um nicht entdeckt zu werden. Endlich sitzen wir völlig übermüdet im Schutz des Waggons. Sobald der Zug sich in Bewegung setzt schlafen wir auch sofort ein.

Mit einem Ruck bleibt er plötzlich stehen. Alle sind wir gleichzeitig wach und sehen uns vorsichtig um.

„Wo sind wir hier gelandet?" frage ich noch etwas benommen.

Otto äußert sich betreten: "Das will ich lieber gar nicht sagen."

Gerda hat schnell begriffen: „Oh nein, der Zug hat nur auf dem Bahnhof rangiert!"

Es ist so entmutigend nach der Anstrengung, die wir durch das Aufsteigen und Aufladen hatten.

Otto gibt nicht so schnell auf. Es muss doch eine Möglichkeit geben, um hier wegzukommen und wir steigen sofort wieder aus. Auf dem übernächsten Gleis steht noch ein Zug, vielleicht fährt der weiter.

„Wie kommen wir dorthin, ohne aufzufallen? Auf den Schienen daneben stehen auch abgestellte Waggons."

„Kommt, wir müssen darunter hindurch!" fordert uns Otto auf.

Mit unseren wenigen Habseligkeiten versuchen wir unbemerkt unter den Waggons durch zu kriechen. Jedes Stück muss von einer Hand zur nächsten gereicht und gezogen werden. Der Handwagen wird zum Problem, aber mit Schieben und Ziehen unter der Kupplung zweier Waggons hindurch gelingt uns endlich auch das.

Dieselben Züge, die in den Jahren zuvor die Soldaten an die Ostfront befördert haben, bringen nun die die Flüchtlinge, die aus den Ostgebieten vertrieben wurden in Richtung Westen. Auf den Bahnhöfen patroullieren russische Soldaten und überwachen die Flüchtlingstransporte.

In den Wagen sitzen zusammengepfercht hungrige und frierende Menschen auf ihrer wenigen Habe, sofern man ihnen überhaupt noch etwas gelassen hat. Kleine Kinder weinen und schreien, sie liegen in ihren nassen Windeln, die nur durch den Schutz ihrer Mütter nicht an die kleinen Körper gefrieren, denn die Nächte sind immer noch frostig.

Wir drängen uns heimlich dazwischen und geben auf unsere Vorräte acht. Niemand hat etwas zu verschenken. Jeder ist sich selbst der Nächste.

Endlich fahren wir und hoffentlich in die richtige Richtung. Leider nur ein kurzes Stück, dann halten wir schon wieder an einem Bahnhof. Alle sollen wir aussteigen. Ratlos fügen wir uns den Befehlen und lassen uns in einem stinkenden, überfüllten Viehwagen, der nun zur Beförderung von Menschen dient umquartieren.

Die Hoffnung, der Heimat immer ein Stück näher zu kommen lässt uns dies alles aushalten. Bis irgendwann auch hier die großen Schiebetüren geöffnet werden und man uns in barschem Ton anweist: „Alles raus, Endstation!"

Vor uns liegt nichts, als dunkler Wald. Ich habe die Orientierung verloren und weiß nicht, wo wir uns befinden. Die Zuginsassen wollen gesammelt als Treck weiter ziehen.

„Wir schließen uns ihnen am besten an," gebe ich meine Meinung an meine Familie weiter.

Otto lässt sich nicht gerne etwas vorschreiben, er ist gewohnt, was er bestimmt, wird widerspruchslos befolgt. Daran hat sich in all den Jahren nichts geändert.

„Wir bleiben unter uns! Ich weiß, wie wir nach Hof kommen."

Anscheinend sind wir nahe der tschechischen Grenze und überall lauern Partisanen. Ob Russen oder Tschechen, beide kennen bei

Deutschen keine Gnade. Otto meint, alleine seien wir unauffälliger als in einer große Gruppe, außerdem haben wir nichts abzugeben, wir können schon froh sein, wenn es für uns reicht.

Ich hoffe, er hat recht und vertraue seiner Entscheidung.

Gerda hustet schwer und Helga ist durch ihre Krankheit immer noch geschwächt. Vor Angst und Kälte sind wir ganz starr.

Otto treibt uns an: „Sammelt eure letzten Kräfte, dass wir bald an der Grenze ankommen. Wir müssen jetzt zu Fuß weiter!"

Der Weg geht mitten durch den Wald. Ganz still ist es hier. Nicht einmal das Zwitschern eines Vogels ist zu hören. Selbst die Vögel sind geflohen.

Vor uns waren schon andere Menschen da. Mir wird ganz unheimlich zumute, sobald ich frische Gräber entdecke. Nur weiter, weiter und nicht darüber nachdenken!

Die Vorräte, die wir eingepackt haben, müssen sehr sorgfältig aufgeteilt werden, denn hier finden wir nichts zu essen.

„Das Brot ist schon recht hart. Ich gebe euch ein kleines Stück, das ihr euch in den Mund legt. Vom Speichel wird es weich und das Hungergefühl wird gleichzeitig etwas betäubt."

Wie eine Vogelmutter füttere ich meine Familie.

„Da drüben steht ein Schuppen," meldet sich Gerda. „Können wir dort nicht ein wenig ausruhen?"

Ein paar Stunden schlafen wir aneinandergedrängt in sitzender Stellung mit angezogenen Beinen, wie schon die Tage zuvor. Im Zug gab es zu wenig Platz und im Freien, würden wir erfrieren, wenn wir uns hinlegten. Die Nächte sind kalt, deshalb sind wir immer auf der Suche nach einem Unterschlupf, in dessen Versteck wir uns etwas ausruhen. Wirklich tiefen Schlaf können wir nicht finden. Bei dem kleinsten Geräusch und bei jedem Knacken schrecken wir auf, in der Angst vor Entdeckung.

Das Wetter zumindest steht auf unserer Seite und scheint uns zu beschützen. Tagsüber kommt manchmal sogar die Sonne heraus, jedoch dringt sie durch die schwarzen Tannen kaum.

An diesem Morgen aber, verdichten sich die Wolken und ein schwerer Platzregen geht hernieder. Unter einer dichten Baumkrone warten wir ab, bis der Regen nachlässt und wir weiterziehen können.

Der Boden ist jetzt aufgeweicht und gibt unter unseren Füßen nach. Fast bis zu den Knien waten wir allmählich im Sumpf und der Handwagen bricht in diesem Gelände vollends auseinander. Das Gepäck müssen wir nun auf dem Rücken tragen. Den Koffer schleppt Otto mühsam hinterher.

Die Vorräte sind aufgebraucht. Bis zum letzten Krümel Brot habe ich alles aufgeteilt und der Hunger fängt an, sich durch unsere Körper zu nagen. Immer schwächer und schwächer macht er und im Kopf wird's ganz dumpf.

Schweigend setzen wir unseren Marsch fort.

Schon lange habe ich das Gefühl, meine Kräfte wollen mich verlassen. Ich spüre mich kaum noch und möchte einfach nur einschlafen und sterben.

Ein Gefühl der Ohnmacht überkommt mich, doch der Überlebenstrieb ist stärker als mein Wille mich zu ergeben und so setze ich einen Fuß vor den anderen, immer in der leisen Hoffnung, dass dies irgendwann ein Ende hat.

Die Mädchen fügen sich in ihr Schicksal ohne zu klagen. Sie haben inzwischen begriffen, dass die geringste Schwäche den sicheren Tod bedeutet.

„Uns kann nur noch ein Wunder retten, wir kommen hier nie wieder raus!" allmählich überfällt mich die nackte Angst und mit der Verzweiflung schwindet jegliche Hoffnung.

Wäre es besser gewesen, sich dem Treck anzuschließen? War Ottos Entscheidung womöglich falsch?

Ich werde mich hüten, Kritik auszusprechen. Wenn wir hier, alleine mitten im Wald sterben, dann ist es unser unabänderliches Schicksal.

„Wir haben es geschafft!" Gerdas Stimme überschlägt sich beinahe vor Weinen und Lachen.

Vor uns lichtet sich plötzlich der Wald und es erstreckt sich eine freie Fläche. Etwas weiter sind Baracken zu sehen.

Beim Näherkommen bietet sich uns ein erbärmlicher Anblick. Ausgemergelte zerlumpte Gestalten, erschöpft, entmutigt und halb verhungert haben sich dort versammelt. Was habe ich eigentlich erwartet, sehen wir etwa besser aus?

Ein Säugling in einem Kinderwagen brüllt ununterbrochen. Die Mutter ist zu schwach, um es zu beruhigen. Sie kann sich selbst kaum noch auf den Beinen halten. Verzweifelt und unter Tränen schreit sie ihn an:"Wenn du doch nur endlich sterben würdest!"

Eine andere Frau mit einem kleinen zarten Mädchen, das aussieht wie ein Engel mit großen traurigen Augen berichtet, sie hätten, um nicht zu verhungern Gras gegessen.
Nicht genug blonde, blauäugige Kinder konnten wir dem Führer schenken und jetzt sterben sie hier an Schwäche, weil wir sie nicht mehr ernähren können. Trotz aller Entbehrungen sind wir noch nicht so abgestumpft, dass uns das Weinen dieser Kinder nicht ans Herz gehen könnte.

Alle warten sie auf dieser Lichtung kurz vor Hof die Grenze zwischen Sachsen und Bayern passieren zu dürfen, um von der russischen in die amerikanische Zone zu gelangen. Aber heute ist Sonntag, und sonntags wird niemand durchgelassen.

Die Baracken vom Übergangslager sind hoffnungslos überfüllt und werden von Russen bewacht. Andere Flüchtlinge erzählen schreckliche Dinge, die dort vor sich gehen sollen. Die Menschen werden dort durch Soldaten gequält, ohne Nahrung zu erhalten und obendrein wird ihnen ihre letzte Habe genommen.

Vorsichtshalber halten wir uns von diesem Lager fern. Noch eine Nacht im Freien, ohne Essen!

Am nächsten Morgen stehen wir schon früh vor der Schranke am Grenzübergang. An Schlafen ist sowieso nicht zu denken, dafür ist die Anspannung viel zu groß. Täglich darf nur eine begrenzte Zahl an Flüchtlingen passieren, weil die bayrischen Aufnahmelager die Flut der Menschen nicht mehr fassen können.

Keiner will zurückbleiben, jeder will über die Grenze in die Sicherheit der amerikanische besetzten Zone, wo keine Übergriffe russischer Soldaten zu fürchten sind. Hunger und Erschöpfung haben unsere Sinne betäubt, aber beim Blick über den Schlagbaum in die Freiheit regt sich der Wille, diese letzte Hürde zu überwinden. Endlich kommt Bewegung in die Posten und neben dem Schlagbaum wird eine Schleuse geöffnet. Wir werden durchgewinkt.

„Dawai, dawai!" treiben uns die Russen mit barschem Ton an, und wer sich nicht schnell genug bewegt, wird mir der Gewehrmündung angetrieben.

Lieber Gott, wir sind durch! Alle durften passieren. Welch ein Segen!

Im Aufnahmelager werden wir mit einer warmen Suppe empfangen, ein Gefühl, als würden wir zum Leben erweckt, nachdem wir uns schon beinahe aufgegeben hatten.

Anschließend werden wir auf Läuse und andere ansteckende Krankheiten untersucht, bekommen aber ohne Probleme einen Gesundheitsschein und außerdem Lebensmittel-Marken für die erste Grundversorgung. Alles ist gut durchorganisiert und läuft reibungslos ab.

Im Gegensatz zu den meisten Flüchtlingen, können wir einen Ort angeben – unser Heimatdorf – wo wir bleiben können. Bayern kann schon keine Menschen mehr aufnehmen, deshalb werden die Neuankömmlinge über ganz Deutschland verteilt, ohne dass ihnen genau gesagt werden kann, wo sie eine neue Heimat finden werden.

In uns keimt wieder Hoffnung, alles Schlimme hinter uns gelassen zu haben und mit neuer Zuversicht nach vorne blicken zu können.

Das warme Essen hat uns etwas gestärkt und in der Kleiderkammer des Winterhilfswerks werden wir mit Kleidung und Schuhen versorgt. Die Sachen sind alt und passen nicht, auch ist es ein unangenehmes Gefühl, die abgelegte Kleidung fremder Leute zu tragen, aber heruntergekommen, wie wir aussehen, müssen wir für jedes Almosen dankbar sein.

Glücklicherweise dürfen wir im Hauptzollamt übernachten, das direkt hinter dem Grenzübergang liegt und müssen nicht in das nahegelegene, überfüllte Lager.

Beim Anklopfen öffnet uns der Hausmeister, der uns recht freundlich empfängt, nachdem sich Otto als Zollbeamter ausgewiesen hat. Sonst befindet sich niemand dort. Da die Grenze von den Amerikanern kontrolliert wird, sind deutsche Beamte jetzt überflüssig und unerwünscht.

Es gibt zwar nur ein paar harte Holzpritschen, die uns der Hausmeister aufstellt, aber wenigstens haben wir ein richtiges Dach über dem Kopf und eine verschließbare Türe. Seit langem fühlen wir uns zum ersten Mal wieder in Sicherheit und sehen es als ganz besonderen Vorzug, hier übernachten zu dürfen.

Wir durchforsten jeden Raum, ob sich irgend etwas Brauchbares finden lässt. Vielleicht finden wir ja noch Lebensmittelvorräte.

„Seht mal her! Hier liegen ganz viele prall gefüllte Säcke!"

Otto folgt mir in den Raum, den ich soeben entdeckt habe und stellt sofort fest, dass die Säcke Zucker enthalten.

Ihr Wert ist beinahe mit Gold aufzuwiegen. Dagegen lassen sich Lebensmittel eintauschen!

Am nächsten Morgen bringt Otto nicht nur Brot, Speck und sogar ein Glas mit Heidelbeer-Marmelade, sondern auch wieder einen Handwagen. Wie er das nur immer macht? Jeder tauscht und organisiert – momentan die einzig gültige Währung.

Endlich ohne Hungergefühl und mit Vorräten ausgestattet, kommen wir nun mit Sicherheit leichter in die Heimat.

Bis zum Bahnhof ziehen wir noch ein Stück zu Fuß auf der Straße, entlang an Gärten und Feldern.

Nach all den Strapazen überfällt uns ein Gefühl des Glücks und der Erleichterung, dass wir es bis hierher geschafft haben und das Schlimmste hinter uns liegt.

Helga wird zu meiner Überraschung richtig übermütig und schnappt sich das Parteiabzeichen von Ottos Revers.

„Das brauchen wir nicht mehr!" und befestigt es auf der Spitze vom nächsten Tomaten-Stecken.

Am Bahnhof angekommen, geht es endlich mit einem Personenzug weiter.

Als Kind träumte ich immer davon, einmal mit der Eisenbahn

fahren zu dürfen, und heute habe ich das Gefühl, mein halbes Leben auf Schienen verbracht zu haben.

Rückkehr

April 1945

Alles wurde uns genommen, außer unserem Leben besitzen wir nichts mehr. Auf Almosen sind wir angewiesen. Nur unsere Würde, die hat man uns gelassen. Andere hatten nicht dieses Glück. Dass wir überlebt haben, gleicht einem Wunder. Eine höhere Macht muss die Hand über uns gehalten haben.

Endlich geht es nach Hause! Endlich in Sicherheit!
Zwei Mal müssen wir noch mit unserem Handwagen umsteigen, aber am Abend kommen wir in Esslingen am Neckar an und von da ist es nicht mehr weit. Doch eine Bahn, die uns endgültig in die Heimat bringen soll, fährt erst am nächsten Morgen.
„Es beginnt schon zu dämmern, und wir sollten etwas finden, wo wir die Nacht verbringen können!"meint Otto. Wir stehen mit unserer wenigen Habe alleine am Bahnhof.
Überall sind die Fenster verdunkelt. Ziellos und einsam irren wir durch die Straßen.
„Geht von der Straße weg! Wir haben doch Verdunkelung!" ruft es aufgebracht von allen Seiten hinter den dunklen Fenstern hervor. Der Aufforderung würden wir gerne folgen, wenn wir wüssten, wo wir für die Nacht bleiben könnten. Immer lauter und drängender

werden die Rufe, bis mir der Geduldsfaden reißt. Mit ausgebreiteten Armen stelle ich mich mitten auf die Straße und schreie laut und der Verzweiflung nahe zurück:

„Erschießt uns doch, wenn wir von der Straße weg sollen. Wo sollen wir denn hin?

Neben uns wird eine Haustüre einen Spalt breit geöffnet.

„Los, schnell kommt herein!" flüstert uns eine Frauenstimme ungeduldig zu. „Wenn ihr euch ruhig verhaltet, könnt ihr hier im Flur bleiben."

Sitzend, mit dem Rücken an die Wand gelehnt, verbringen wir die Nacht in diesem Hausflur. In den letzten Wochen haben wir gelernt, in jeder Stellung zu schlafen. Sobald wir uns in Sicherheit wissen, überfällt uns jedes Mal eine bleierne Müdigkeit.

Am nächsten Morgen brechen wir früh auf, um das letzte kurze Stück nach Hause hinter uns zu bringen.

Es ist so ein vertrautes Gefühl, als der Zug in unserem kleinen Dorf-Bahnhof endlich hält. Die ganze Welt würden wir am liebsten umarmen. Dieses Glück, nach all den Strapazen wieder in der alten Heimat sein zu dürfen, lässt sich nicht in Worte fassen.

Alles ist so friedlich hier, als ob der Krieg nie stattgefunden hätte. Nur noch über die schmale Straße vor dem Bahnhof und ein einziges Mal um die Ecke biegen, dann ist es endlich geschafft. Wir spüren zwar, wie uns unterwegs mehrere Augenpaare anstarren, weil wir wie Bettler aussehen, in unseren viel zu großen Mänteln, den alten, ausgetretenen Schuhen und den Kopftüchern, die wir Frauen tragen, um die Haare vor Schmutz zu schützen oder vor den Blicken auf unseren verwahrlosten Zustand. Das berührt uns nicht mehr. Niemand von ihnen kann ermessen, welch schweren Kampf wir ausgefochten haben, um das nackte Leben zu retten.

An meinem Elternhaus angekommen, schlägt die Turmuhr der Kirche gegenüber elf Mal. An diesem Vormittag im April wird mir klar, dass man die Heimat immer in sich trägt, egal wo man sich befindet und es bedarf nur eines vertrauten Geräusches, wie das der Uhr, dass man sich zu Hause fühlt.

Durch die kleine Gartentüre trete ich in den Vorgarten. Auf den Lithographie-Platten mit den Zeichnungen von meinem Schwiegervater gehe ich zur Haustüre und öffne sie indem ich einfach die Klinke nach unten drücke. Wie überall auf dem Land ist auch diese Türe unverschlossen. Man vertraut sich gegenseitig. Ich steige die Treppe hoch zur Wohnung und lasse meine Hand wie streichelnd über den glatten Holzhandlauf gleiten. Meine Familie folgt mir. Mutter hat uns wohl kommen hören, sie steht auf dem obersten Treppenabsatz wie zur Salzsäule erstarrt. In ihrem fahlen Gesicht ist keinerlei Regung abzulesen.

„Ich habe nicht damit gerechnet, dass ihr noch lebt." kommt es nach einer Weile tonlos aus ihr heraus. Nachdem sie aus ihrer kurzzeitigen Erstarrung wieder erwacht ist, fragt sie uns doch: „Habt ihr Hunger? Wollt ihr was essen?"

Welch eine Frage! So dürr und ausgehungert wie wir aussehen dürfte sie überflüssig sein. Seit Wochen mussten wir immer wieder Zeiten durchstehen, in denen wir hungerten. Wir stürzen uns auf alles, was sie uns aufträgt: Frisches Brot, das noch nach Holzofen duftet und nicht hart ist, dass man es mit seinem Speichel einweichen muss! Sauerkraut und Leberwürste! Kartoffelschnitz und Spätzle in Brühe! Wir fühlen uns wie im Schlaraffenland. Mutter steht daneben und sieht fassungslos zu, wie wir uns über ihre Vorräte hermachen.

„Ja, habt ihr denn noch net g'nug?" fragt sie uns zwischendurch verwundert.

Vielleicht, um uns etwas Einhalt zu gebieten, verkündet sie: „Es gibt aber nicht genügend Platz für euch alle hier im Haus. Otto und du Els, ihr könnt in der Kammer schlafen und die Mädchen nebenan im Ausdinghaus unterm Dach. Für mich brauche ich die zwei Betten im Schlafzimmer, weil ich nachts so stark schwitze. Ich muss die Möglichkeit haben zu wechseln."

Ich bin sprachlos über so viel Herzlosigkeit. Die Kinder schlafen unter den rohen Dachziegeln. Im Winter wird es dort so kalt, dass der Hauch die Bettdecke an das Kinn frieren lässt.

Vater hätte niemals zugelassen, dass wir so behandelt werden. Im Moment sind wir einfach noch zu schwach, um uns dagegen durchzusetzen.

Der Krieg hat mich hart gemacht. Wäre mein Herz heute nicht von Panzerwänden umgeben, wäre ein Überleben wohl nicht möglich gewesen. Nur deshalb kann ich es ertragen, nicht willkommen geheißen zu werden. Die Verwandtschaft hat sich bestimmt schon Hoffnungen gemacht, an meiner Stelle zu erben, aber dies hier ist mein Zuhause und ich bin das einzige Kind. Ich habe ein Recht hier zu wohnen!

Mutter gibt mir die Schuld, dass ich heute hier sitze, und um ein Stück Brot betteln muss.

„Hättest du nicht immer die große Dame spielen wollen und wärst mit unserem bescheidenen Leben in Ötlingen zufrieden gewesen, ginge es dir und deiner Familie jetzt nicht so schlecht! Ins Unglück hast du euch alle gestürzt, mit deinen hohen Ansprüchen!"

Darf man denn keine Träume haben und ihnen folgen, sobald sich einem die Möglichkeit bietet? Auch hat sie wohl vergessen, dass sie es war, die mich in diese Ehe gedrängt hat, und der Beruf Ottos erfordert es nun mal, dass wir immer wieder umziehen mussten.

Niemand hier hat überhaupt eine Vorstellung von dem, was wir

232

durchgemacht haben. Es interessiert auch keinen, jeder ist mit sich selbst beschäftigt, deshalb vergrabe ich alles in meinem Innersten in der Hoffnung, dass ich das Geschehene in irgend einem Winkel meines Herzens einschließen und dort vergessen kann.

Wie oft haben uns auf der Flucht völlig fremde Menschen aufgenommen, und uns sogar ihr Bett zur Verfügung gestellt, und die eigene Mutter braucht ein ganzes Haus für sich alleine.
Im Erdgeschoss befindet sich zwar immer noch die Werkstatt und die Waschküche, aber oben gibt es neben dem Wohnzimmer und Herrenzimmer noch die zwei Schlafkammern und natürlich die große Küche.
Sogar fließendes Wasser gibt es inzwischen über dem Spülstein. Dort füllen wir uns die Kannen für die Waschtische in den Kammern und für den Abort, der inzwischen in die Veranda eingebaut wurde. Das hölzerne Plumpsklo von früher war im Sommer immer voller Fliegen. Die neue Abortschüssel hat über dem Abflußrohr eine Klappe. So werden Fliegen und Gerüche ausgesperrt.
Otto schneidet aus alten Zeitungen akkurat gleich große Rechtecke, die wir auf die Klappe legen sollen, damit alles sauber durchrutscht und wir nicht so viel Wasser zum Spülen brauchen. Bei allem, was er tut, ist er immer sehr pedantisch. Samstags wird die Zinkbadewanne in der Waschküche zum Baden mit heißem Wasser

gefüllt. Mutter kann uns also keinen Vorwurf machen, wir seien nicht sauber oder etwa unordentlich. Wo wir können entlasten wir sie und helfen im Haushalt mit.

Nur etwas Eigenes dürfen wir nicht haben, nicht einmal das kleinste Tischchen. Bei jeder Veränderung überfällt sie uns mit ihrem Gezeter.

„Dein Rücken sieht schlimm aus, da kommt schon die rohe Haut durch!" entfährt es mir, als ich Helga beim Waschen zusehe und sie zeigt mir ihre Kopfhaut, die genau so mit Schorf überdeckt ist. Da wir Frauen immer Kopftücher tragen, fiel mir das bisher gar nicht auf.

„Mir gehen die Haare aus!" meint sie ganz verzweifelt.

Umgehend schicke ich sie zum Arzt. Auf ihre vollen dunkelbraunen Haare war sie immer stolz. Mit siebzehn sind Mädchen doch besonders eitel.

Der Arzt verweist sie an die Hautklinik nach Tübingen. Schon wieder sind bürokratische Hürden zu überwinden! Da wir der amerikanischen Zone wohnen und Tübingen in der französisch besetzten Zone liegt, braucht sie ein Visum, um dort einreisen zu dürfen.

Seit ihrer Geburt waren wir immer zusammen und in den letzten Wochen wurde unser Verhältnis durch das gemeinsam Erlebte noch enger, da tut es ein bisschen weh, sie jetzt einfach los zu lassen.

„Ich besuche dich bald!" rufe ich ihr vom Bahnsteig noch hinterher und sehe dem Zug nach, bis er aus meinem Blickfeld verschwunden ist.

Nach drei Tagen packt mich die Unruhe.

Ich muss wissen, wie es ihr geht! Ich muss dort hin!

Auf ein Visum warte ich als Besucher ewig, doch ich habe eine andere Idee.

Schon nach einer Station in Wendlingen muss ich in den Zug nach Tübingen umsteigen. Dort bilden Gleise die Grenze zwischen den zwei Zonen.

Ich versichere mich kurz, dass mich niemand beobachtet und steige unbemerkt in einen wartenden Personenzug ein, um auf der anderen Seite den Waggon sofort wieder zu verlassen. Ohne Probleme schmuggele ich mich gegenüber in den Zug, der Richtung Tübingen fährt und bereits in der französischen Zone steht. Dabei stelle ich mich geschickter an, als einst meine Mutter.

Liebermeisterstraße … da muss ich vom Bahnhof quer durch die Altstadt, informiert mich eine ältere Frau, die ich nach dem Weg frage.

Fremdartig erscheint mir diese Stadt. Wohl durch ihre französischen Besatzer. Trümmerberge und Zerstörung überall. Der Krieg hat auch hier seine Spuren hinterlassen. Junge Frauen am Arm eines französischen Soldaten und angemalt wie eine Pariserin begegnen mir. Man sollte sie nicht verurteilen, sie haben einfach Hunger nach Leben. Trotzdem würde ich es nicht gerne sehen, wenn sich meine Töchter für ein paar Nylonstrümpfe verkaufen.

Ich lasse mir von Passanten nochmals den Weg erklären und stehe auch kurz darauf vor der Hautklinik.

Es ist ein ehrwürdiges, großes Gebäude und scheint völlig überfüllt. Personal rennt eifrig durch die Gänge, die mit Krankenbetten zugestellt sind. Die Zimmer reichen nicht mehr aus um die vielen Kranken und Kriegsversehrten aufzunehmen. Männer mit amputierten Beinen und Armen sitzen verloren dazwischen und ein schwerer süßlicher Geruch hängt in der Luft. Die gesamte Klinik wird als Lazarett genutzt. Auf mich macht das hier einen ziemlich chaotischen Eindruck.

Endlich habe ich mich zu dem Zimmer, in dem Helga untergebracht ist durchgefragt. Ich finde sie in einem riesigen Saal. Es müssen wohl zwanzig Krankenbetten in zwei Reihen sein, wie ich auf den erste Blick überschlage.

„Was machst du denn da?" wundere ich mich, als ich Helga endlich entdecke und sehe, wie sie eine Fensterscheibe mit Zeitungspapier bearbeitet.

„Ich putze die Fenster. Jeder, der nicht bettlägerig ist muss mitarbeiten."

Das gibt's doch wohl nicht! Die benutzen hier ihre Patienten als billige Arbeitskräfte!

„Bekommst du denn keine ärztliche Behandlung?"

„Doch, meine Haut wird mit Höllenstein ausgebrannt. Das brennt wie die Hölle!"

Ganz schwarz sehen die behandelten Hautstellen aus und glänzen fettig von der Schwefelsalbe, mit der sie eingeschmiert werden. Die Haare, aus denen sie die Salbe nicht auswaschen soll, kann sie wenigstens unter ihrem Kopftuch verbergen. Eine Besserung ihrer Krankheit ist absolut nicht in Sicht.

„Du kommst jetzt mit mir nach Hause! Ich brauche auch jemanden zum Fenster putzen und die Salbe kann ich dir auftragen."

Ich bin wirklich froh, Helga wieder mitnehmen zu können. Diese Umgebung mit Krankheit und Verfall schlägt ihr mit Sicherheit aufs Gemüt. Obwohl zu Hause auch noch keine Fröhlichkeit eingekehrt ist, hat sie dort doch eine Heimat.

Ausblick

Deutschland hat am 9. Mai kapituliert und somit ist der Krieg beendet. Hitler hat eine Woche zuvor Selbstmord begangen – eine feige Tat. Mutig wäre gewesen, sich der Verantwortung zu stellen, aber er wird seinen Richter finden.

Wie ganz Deutschland, so liegt auch unser Leben in Trümmern. Es hat keinen Sinn darüber nachzudenken, was geschehen ist! Mein Blick ist ab jetzt nur nach vorne, in die Zukunft gerichtet.

Mutter hat sich mit unserer Anwesenheit abgefunden und wir haben uns in dem neuen Leben einigermaßen eingerichtet.

Glücklicherweise fällt Otto bald in den weichen Schoß unserer neuen Republik. Er darf seine Stelle in Reutlingen beim Zollamt wieder antreten. Insofern hatten meine Eltern Recht, dass ich mit einem Beamten immer gut abgesichert sei.

Aber was soll aus meinen Töchtern werden? Beide sind im heiratsfähigen Alter und von der Austeuer, die ich für sie angelegt habe, konnten wir nichts retten.

Wer will denn schon ein armes Mädchen heiraten? Jeder Mann, der den Krieg überlebt hat, steht vor einem Überangebot an Frauen. Da sieht man zuerst aufs Geld. Gefühle sind ohnehin nichts mehr wert, der Überlebenskampf hat uns alle abgestumpft.

Ich will mich nicht beklagen. Wir sind am Leben und mussten keine Erniedrigungen über uns ergehen lassen. Gerdas Freundin Marga hat ihr in einem Brief geschrieben, sie sei von russischen Soldaten mehrmals vergewaltigt worden. So vielen Frauen ist dieses grausame Leid widerfahren, durch das sie seelisch und körperlich für den Rest ihres Lebens gezeichnet sein werden.

Beide Mädchen stehen mit der Ausübung ihrer erlernten Berufe vor großen Problemen. Ihre Zeugnisse sind in Flammen aufgegangen, daher fehlt ihnen der Nachweis für ihre Ausbildung.

„Ich werde mich im evangelischen Kinderhort als Kindergärtnerin bewerben. Die Kirche hat sicherlich ein Einsehen" hofft Helga. Schwer verbittert kommt sie allerdings von ihrem Besuch beim dortigen Pfarrer zurück. Er wies sie mit der Begründung zurück, er könne keine kleinen Kinder in die Obhut einer Person geben, von der er nicht weiß, ob sie eine Befähigung dafür besitze. - In Notzeiten ist die Kirche nicht für ihre Schäfchen da, muss ich enttäuscht feststellen.

In einem Kindergarten, der ihr vom Pfarrer empfohlen wurde und der nicht der Kirche angeschlossen ist, gibt man ihr wenigstens die Möglichkeit als Helferin anzufangen.

„Mit den Kindern zu singen und zu spielen macht mir so viel Spaß, wenn auch hier alles etwas anders ist, als in Dresden. Wenigstens sprechen wir hier dieselbe Sprache."

Der Umgang mit Kindern tut Helga sicherlich gut. Ich bin so glücklich, dass sie diese Anstellung bekommen hat, da wird sie bestimmt bald wieder ganz gesund.

Es ist ein ziemlich langer Fußweg in die Stadt, vier Mal am Tag. In ihrer Mittagspause muss sie einige Kinder zum Essen nach Hause bringen und sie auf dem Rückweg wieder abholen, damit sie zum Mittagsschlaf wieder rechtzeitig im Kindergarten ankommen.

„Im Schuppen steht noch das Fahrrad von Großvater. Damit kommst du doch leichter voran." schlage ich vor.

Es ist bloß schon alt und ziemlich schwer, da muss sie kräftig in die Pedale treten.

„Mit der Sommersonne blühst du auf wie die Blumen!"

„ ... und meine Haut erholt sich auch!"

Einen richtig glücklichen Eindruck macht sie. Ich freue mich so sehr mit ihr.

Doch die Tage werden kürzer und kälter und ich spüre, dass sie etwas bedrückt. Von dem Glück, das sie bis vor kurzem ausgestrahlt hat ist nichts mehr zu spüren.

„Um Himmels Willen, was ist denn passiert!"
Helga wird von Weinkrämpfen geschüttelt während sie ihr Fahrrad in den Schuppen schiebt. Es dauert lange, bis ich sie beruhigen kann und sie in der Lage ist, ein Wort hervorzubringen.
„Frau Schiefelhelm, die Kindergärtnerin schikaniert mich, wo sie nur kann. Sie ist eifersüchtig, weil die Kinder immer in meiner Nähe sein wollen."
Wen wundert's auch, wo sie ihnen die Köpfe zusammenhaut und Schläge verteilt oder sie in den dunklen Keller sperrt, wenn sie nicht parieren. Helga klagt unter Schluchzen weiter, es sei auch nicht einfach sechzig Kinder in einem einzigen Raum in Schach zu halten. Manchmal verschwinden ein paar unbemerkt zur Papierfabrik nebenan, wo sie mit den Papierabfällen spielen, die dort im Freien gelagert werden. Sie werde dafür von Frau Schiefelhelm verantwortlich gemacht und angeschrien. Als General an die Front hätte man sie schicken sollen!
„Ich ertrage es nicht mehr, wie sie mich und die Kinder quält!"

Mein Mädchen musste so viel Schreckliches erleben. Dabei war sie immer sehr still und verschlossen. Trotzdem hat sie sich bisher stark und tapfer gezeigt, aber ewig hält ein Körper dem Druck nicht stand und die Nerven sind der Belastung einfach nicht mehr gewachsen.

„Zu dieser bösen Hexe gehst du nicht mehr!"

Gerda erwies sich schon immer als die Stärkere von Beiden und sucht bald Gesellschaft und Abwechslung in der Stadt. Im *Goldenen Adler* finden gelegentlich wieder Tanzveranstaltungen statt und wöchentlich probt dort der Gesangverein *Liederlust*.

Aus Freude an der Musik und vielleicht auch um neue Bekanntschaften zu knüpfen, tritt sie diesem Verein bei.

Schon nach der ersten Probe erklärt sie uns:

„Ich fange wieder an zu schneidern. Damit kann ich Geld verdienen."

„Dazu brauchst du aber eine Nähmaschine und Arbeitsmaterial!" entgegne ich skeptisch.

„Die Lydia aus der *Liederlust* will mir eine alte Singer-Nähmaschine im Tausch gegen ein Brautkleid, das ich ihr nähen soll schenken."

Mit ihrem Plan hat sie tatsächlich sofort Erfolg. Gleich mehrere Frauen bringen Stoffe aus denen Gerda etwas schneidern soll. Ob die auch alle einen Vorrat im Garten vergraben hatten?

Jetzt bleibt nur die Frage, wo wir Platz für ihr „Modeatelier" schaffen können. Otto erklärt sich tatsächlich bereit einen Teil seines Herren-Zimmers zur Verfügung zu stellen. Den großen Schreibtisch schieben wir etwas zur Seite, so dass außer der Nähmaschine auch noch ein Tisch zum Zeichnen der Schnittmuster Platz findet.

Bis in die Nacht näht Gerda wunderschöne Modelle, die sie entweder bestickt oder mit Stofffarben bemalt. Aufwändig gearbeitete Brautkleider mit Perlenstickereien werden von ihr angefertigt. Manchmal ertappe ich sie aber auch, wie sie vor dem Spiegel steht, so ein Kleid an sich hält und dabei seufzt.

Solch ein Brautkleid zu tragen, ist doch der Traum jeder jungen Frau.

Der Lohn für ihre Mühe ist leider kärglich. Die Leute gehen halt immer dorthin, wo es am billigsten ist und wir brauchen jede Mark.

Helga hat ihre Arbeit im Kindergarten nicht wieder aufgenommen, sie hilft mir im Haushalt und strickt nebenher für andere Leute. Hauptsächlich Socken, die sind immer gefragt.

So versuchen wir uns irgendwie über Wasser zu halten. Es wird nicht einfach werden, diesen Winter 45/46 zu überstehen. Wenigstens müssen wir nicht hungern, wie die Menschen in den Städten. Der Boden liefert uns, was wir zum Leben brauchen. Ansonsten sind wir bescheiden geworden. In den Geschäften gibt es ohnehin nichts zu kaufen und der Tauschhandel blüht. Für amerikanische Zigaretten, momentan die härteste Währung, ist alles zu haben. Dafür gibt es Speck, Holz zum Heizen oder einen warmen Mantel. Wir Frauen rauchen ja nicht, deshalb hat es auch wenig Sinn, uns mit Zigaretten zum Tauschen anzuregen. Das Wenige, was unsere kleine Landwirtschaft abwirft brauchen wir für uns. Geblieben sind nur ein paar Hühner, die Wiese mit den Apfelbäumen und unser Gärtle. Die restlichen Ländereien sind verpachtet.

Weihnachten 1945 ist das traurigste Fest, das wir je gefeiert haben.

An Heilig Abend sitzt die ganze Familie um einen winzigen Weihnachtsbaum, den Otto organisieren konnte.

Baumkerzen sind nicht aufzutreiben, aber die Mädchen haben Strohsterne gebastelt und ihn damit geschmückt. Auch können wir uns gegenseitig keine Geschenke machen, da es uns an Geld fehlt und es im übrigen nichts gibt, was wir uns schenken könnten.

Gerda hat sich für ein Kleid, das sie genäht hat mit einem Schweinebraten bezahlen lassen. Dazu kochen wir Wirsing und Spätzle und können so immerhin ein richtiges Festessen auf den Tisch zaubern.

Das größte Geschenk ist doch, ein Dach über dem Kopf und eine leidlich warme Stube zu haben. In Dankbarkeit und in Erinnerung dessen, was seit dem letzten Weihnachtsfest geschehen ist, rinnen jedem von uns die Tränen über das Gesicht. Sogar Mutter kann ihre Rührung nicht verbergen.

„Stille Nacht, heilige Nacht … „

„Schnell kommt! Kommt alle her!"

Gerda trommelt aufgeregt die ganze Familie zusammen.

„Um Himmels Willen, wo brennt's denn?"

„Der Postler war da!"

„Gibt's wieder mal eine Hiobsbotschaft?" rufe ich von oben, aus der Küche zurück. An schlechte Nachrichten gewohnt, gibt es für mich darüber keinen Zweifel.

„Nein … ein Paket! Aus Amerika!"

Mit ihrer wertvollen Fracht rennt sie die Treppe hoch, in die Küche und stellt sie dort auf dem Tisch ab. Alle versammeln wir uns um den Küchentisch und bestaunen diesen Schatz aus dem fernen Land, der da vor uns liegt.

Cousine Klara in Philadephia hat uns nicht vergessen, sie schickt uns eines dieser Care-Pakete, das die Amerikaner ihren Verwandten jetzt nach Deutschland schicken dürfen. Neben unserer Adresse findet man viele Stempel auf dem Karton und auf den Seiten ist das Wort „Care" aufgedruckt, damit man sofort weiß, was es beinhaltet. Voller Spannung schneiden wir die Klebestreifen und die Schnüre auf, mit denen es fest verpackt wurde. Obenauf liegt ein Brief von Clara, den uns Otto vorliest, bevor wir uns über den Inhalt hermachen.

Meine Lieben!

Ich hoffe, es geht Euch gut und Ihr habt die letzten Jahre gesund überstanden. So lange haben wir nichts mehr von Euch gehört.

Vater ist leider vor zwei Jahren gestorben. Immer wieder hat er sich an unseren Besuch in good old Germany erinnert und war in großer Sorge um Euch in dieser schlimmen Zeit.

Was machen die beiden Mädchen? Es sind jetzt bestimmt schon junge Damen aus ihnen geworden, die auch gerne zum Tanzen gehen.

Vielleicht kann ich Euch mit diesem Paket eine Freude machen. Schreibt mir bitte, ob es angekommen ist und was Ihr dringend braucht!

Die besten Wünsche

Eure Clara

Es gibt so Vieles, was wir dringend gebrauchen können, aber im Moment sind wir überglücklich, dass wir solch ein Geschenk erhalten haben.

Es ist unfassbar, was Gerda alles ans Tageslicht befördert: Echten Bohnen-Kaffee und Schokolade! Wie lange mussten wir das entbehren! Außerdem Pfirsiche und Aprikosen in Konserven-Dosen, Zucker und Pudding-Pulver!

Alles ist Englisch beschriftet und keiner von uns spricht diese Sprache, außer Otto, der ein paar Brocken versteht.

„Vater, erklär uns doch mal, was in der Dose ist! Da steht *Corned beef* drauf", will Gerda wissen und liest das englische Wort so, wie sie es für richtig hält.

„Ich glaube, das ist Rindfleisch. Wenn wir's aufmachen, werden wir sehen, was drin ist."

„Und in der Packung, auf der *Cornflakes* steht? Wenn man sie schüttelt, raschelt's da drin."

„Mach's halt auf!"

Mit spitzen Fingern entnehmen Gerda und Helga gelbe Flocken aus dem Karton und stecken sie sich in den Mund. Beim Kauen entsteht ein knusperndes Geräusch. Wie zwei Eichhörnchen sehen sie dabei aus. Mutter, Otto und ich sehen sie erwartungsvoll an, wie ihr Urteil über dieses anscheinend typisch amerikanische Nahrungsmittel ausfällt, aber ihre Gesichter zeigen keinerlei Regung.

„Die schmecken eigentlich nach nichts. Vielleicht isst man die mit dem Dosen-Obst." rätseln beide enttäuscht.

Ganz unten ist noch ein extra Paket. Irgend etwas ist separat verpackt.

Mit größter Sorgfalt bringt es Gerda zum Vorschein und öffnet es.

„Ein Kleid!"

Ein Traum, von einem Kleid. Blau mit großen gelben Sonnenblumen und einem weiten Glockenrock. Direkt vorne vom Ausschnitt bis zur Brust verläuft gut sichtbar ein Reißverschluss.

Es ist wirklich unglaublich, was von Amerika an Neuem zu uns gelangt. Wir schließen unsere Kleidungsstücke alle noch mit Knöpfen.

Bei Gerda schlägt die Freude über dieses extravagante Modell ziemlich schnell in Skepsis um, da sie der Ansicht ist, so etwas Auffälliges könne man bei uns nicht tragen. Also kommt es vorerst in den Schrank. Vielleicht lässt es sich ja umarbeiten.

Im Herbst 1946 finden wir ganz allmählich, obwohl es noch an vielem mangelt zu einem einigermaßen normalen Leben zurück. Clara schickt uns regelmäßig ein *Care* – Paket und fast jedes Mal sind wir überrascht darüber, was es an Neuem zu entdecken gibt.

Vetter Robert hat seinen Besuch für Samstag Abend angekündigt und möchte gerne seinen Freund Karl mitbringen.

„Der kann etwas Abwechslung und Aufheiterung gebrauchen," gibt er als Begründung an.

Karl ist ein kräftiger Mann mit rotblonden Haaren. Nach dem Krieg hat er sich als Bauingenieur und Architekt selbständig gemacht und in seiner Wohnung ein kleines Büro eingerichtet.

Otto holt einen Krug Most aus dem Keller, während ich Brote mit

Grieben-Schmalz bestreiche. Dann setzen wir uns alle um den Esstisch und hören zu, was Robert erzählt.

Kennengelernt haben sie sich während des Krieges im russischen Lazarett, während bei ihm ein Granatsplitter entfernt wurde. Miteinander gebetet hätten sie und sich gegenseitig Mut zugesprochen, weil sie nicht wissen konnten, ob sie ihre Heimat und die Familien je wiedersehen würden.

Karl musste mit der Amputation seiner Beine rechnen nachdem ihm ein LKW über beide Knie gefahren war. Seiner Schilderung nach, befand sich das Lazarett in einem erbärmlichen Zustand.

„Alles war völlig verdreckt und die Decke schwarz vor Wanzen, die sich nachts auf uns herabfallen ließen und uns mit ihren Bissen quälten."

Der einzige Lichtblick, darüber sind sich beide einig, war eine russische Krankenschwester, die ihnen wie sie meinen, durch ihre hingebungsvolle Betreuung ein Bild der wahren russische Seele vermitteln konnte.

Uns war bisher nur die hässliche Seite bekannt.

Nach sechs Wochen, die sie dort verbrachten, wurden sie ins Stuttgarter Krankenhaus überführt, wo sie beide geheilt wurden und sogar Karls Beine vor einer Amputation gerettet werden konnten.

Jedem hat das Schicksal eine eigene Geschichte geschrieben in den letzten Jahren und jeder hat diesen Krieg auf seine Weise erlebt.

Ich denk mir halt es erleichtert, wenn etwas schwer auf dem Gemüt lastet und man verständnisvolle Zuhörer findet. Die hat Karl in uns gefunden und er fährt deshalb fort, von sich zu erzählen.

„Ich habe mich ja als Bauingenieur freiwillig zu den Pionieren gemeldet, und zuvor Martha, eine Bauerstochter aus dem Schwarzwald geheiratet."

So glücklich seien sie gewesen, als der Krieg vorbei war und sie endlich daran denken konnten, eine Familie zu gründen, aber der Wunsch nach einem Kind blieb ihnen versagt.

Deshalb nahmen sie Erika als Pflegekind auf, die sich auf dem Land erholen sollte. Sie war siebzehn und Waise. Zu dieser Zeit gab es viele Kriegswaisen, die in Heimen ein oft jämmerliches Leben führten. Für Erika schien die Welt immer dunkel zu bleiben, denn sie musste während des Krieges Unvorstellbares ertragen. Bereits nach drei Wochen auf dem Land blühte sie scheinbar richtig auf.

„Trotzdem schien sie immer wieder völlig abwesend und sang vor sich hin. Wir haben uns überlegt, ob eine Adoption ihrem Leben vielleicht wieder etwas Hoffnung geben könnte," fährt Karl in seiner Schilderung fort.

An einem Morgen im Juni diesen Jahres nahm sie das Fahrrad, um im Nachbarort Nabern Kirschen zu holen. So wie es alle anderen auch machen, nahm sie die Abkürzung über die Autobahn, wo ja kaum Autos fuhren zu der Zeit.

Singend, in ihrer eigenen Welt verloren schob Erika das Fahrrad auf die Straße und wurde sofort von einem Auto erfasst.

In ihren Nachlass fand Karl ein von Hand geschriebenes Gedicht, in dem sie über den dunkelsten Tag ihres Lebens schreibt. Mit Tränen in den Augen trägt er es uns vor:

Es war der Heilige Abend 1945

Geschändet wurde mein junger Leib durch des Feindes Macht!
Laut hab' ich geschrien in die dunkle Nacht.Niemand hört den
Schrei, der laut um Hilfe bat,
niemand kam, der Erleichterung mir bracht.

Neben mir eine junge Frau, lautauf schluchzte sie!

Niemals vergesse ich diesen Schmerz, der sich erschreckend und

schwer legte auf mein junges Herz.

Nach ihren Kindern weinte sie,

um ihre Frauenehre bat ihr Mund,

doch niemand nahm ihre Worte ernst,

das Geschlecht steckte man ihr in den Schlund.

In dunkler Nacht verschleppte man mich.

Hell loderten die Flammen der Kirche zum Himmel empor.

Vorbei mußte ich an der knisternden Glut,

vor Wut wurde siedend heiß da mein junges Blut.

Ich riß an der Fessel, die meine kleine Hand umschloß,

doch auch das half nicht, in einen Wagen für Offiziere ich mußt.

Dort bot man zu essen und trinken mir an,

auf der Bank an der Wand lag ein junger Mann.

Vor Furcht weinte ich, lehnte alles ab.

Bat laut, daß man nach Haus' mich lass.

Doch all mein Bitten und inständig flehen

erhörte man nicht, wollt meine Tränen nicht sehn.

Ein Spielzeug war ich in ihrer Hand,

war der Eine befriedigt, schon der nächste dastand.

So wurd' ich geschändet, bis die Wollust gestillt -

eine blutjunge Deutsche, 24 Mal hintereinander gequält.

Am anderen Morgen führte man mich bis an den See,

da kam's schon wieder auf mich zu,

im Schafpelz und mit schwankenden Schritten,

ein feindlicher Soldat, der wie all die anderen

meinen jungen Leib verlangte.

Von fern hört' ich das Flehen meiner Mutter,

und vor mir ging der feindliche Soldat.

Da wandte ich nach rückwärts meine Schritte,

doch schon riß mich roh zurück eine schmutzige Hand.

Noch einen Schrei tat ich, dann fiel ich um.

Mein Körper war heiß, im Kopf war mir dumpf.

„Martha hat diesen Schicksalsschlag nicht verkraftet," fügt Karl am Schluss hinzu.

Der Tod Erikas und die lange Trennung von ihrem Ehemann ohne zu wissen, ob er jemals wiederkommen würde, hat sie schwermütig werden lassen. Sie hat sich scheiden lassen und ist zu ihren Eltern in den Schwarzwald zurück.

„In guten, wie in schweren Zeiten wollten wir zusammenhalten, so haben wir es vor Gott versprochen, und nun diese Schande!"
Obwohl er unschuldig geschieden wurde befürchtet er, mit diesem Makel auf ewig behaftet zu sein.

Noch ganz gefangen von dieser bewegenden Erzählung, halte ich mich trotzdem nicht mit meiner Meinung zurück und gebe zu bedenken, dass in einen Haushalt eine Frau gehört, da er sonst zu verkommen droht und Karl schließt sich meiner Meinung an.
„Ich werde mich nach einer Haushälterin umsehen müssen. Falls ihr von einer fleißigen, zuverlässigen Frau wisst, die für mich putzen, waschen und kochen kann wäre ich sehr froh."

Helga wäre doch für solch eine Arbeit geeignet, denke ich so bei mir. Einen Haushalt kann sie führen, und wenn sie endlich wieder etwas Geld verdienen würde, wären wir alle froh darüber.
Sie ist mit dem Vorschlag sofort einverstanden und Karl ist zufrieden, dass er keine Fremde ins Haus nehmen muss.

Karls Haus liegt in der Nähe, des Kindergartens in dem Helga gearbeitet hat. Jeden Vormittag fährt sie mit unserem alten Fahrrad dorthin und kommt am frühen Nachmittag wieder zurück. Immer nur für zwei oder drei Stunden, damit die Leute nicht anfangen zu reden.

Die Arbeit scheint ihr zu gefallen, denn sie sieht zunehmend strahlender und glücklicher aus.

Einige Wochen später erhalten wir wieder Besuch von Karl, der uns etwas mitteilen möchte.

„Helga und ich, wir haben im täglichen Umgang miteinander unsere gegenseitige Liebe entdeckt. Wir möchten gerne heiraten und wären glücklich, wenn ihr uns eure Einwilligung dazu erteilen würdet."

„Du bist ein ordentlicher, rechtschaffener Mann und ich kann dir guten Gewissens meine Tochter anvertrauen. Aber möchtest du nicht lieber Gerda heiraten, sie ist die ältere und Helga ist zwanzig Jahre jünger als du?"

Fällt Otto denn nichts besseres ein, als einen Kuhhandel mit seinen Töchtern zu treiben? Karl ist sich aber seiner Entscheidung sicher und geht auf Ottos Vorschlag nicht weiter ein.

Ich vermute, hier haben sich zwei verwundete Seelen getroffen, die sich gegenseitig Halt und Geborgenheit geben. Mein stilles und unsicheres Kind sucht in diesem Mann vielleicht einen Vaterersatz, da sie väterliche Fürsorge oft entbehren musste.

Auf Gerda wartet sicherlich irgendwo ein Mann, der sie ebenso lieben wird wie Karl. Da bin ich mir ganz sicher.

Im Juni 1950 findet die Hochzeit von Helga und Karl statt.

Der Krieg ist vorbei. Zurückgelassen hat er ein geschändetes Land, mit an Körper und Gemüt verwundeten Menschen. Alles sieht nach vorn, in die Zukunft und jeder verschließt sein Trauma in der Brust hinter dicken Mauern aus Stahl. Hart wie Krupp-Stahl, so sollten sich unsere Soldaten im Krieg zeigen. Heute sind es gebrochene Männer. Ohne diesen Schutz, wäre ein Weiterleben nach all den Gräueln nicht möglich.

Vergessen, verdrängen … bis sich im Innersten die Narben verhärten.

Jetzt heißt es, mit Optimismus an neue Aufgaben zu gehen.

Ottos Aktien, die er in früheren Jahren erworben hat steigen rasant und bald werden wir unsere finanzielle Misere überwunden haben.

Nur manchmal erfasst mich die Sehnsucht nach den Städten, in denen ich kurzzeitig leben durfte. So richtig verwinden kann ich es nicht, dass ich den Rest meines Lebens in der Provinz verbringen soll. Wie auf Schienen bin ich meinen vorgezeichneten Weg gegangen und habe mich meinem Schicksal gefügt. Die Weichen stellte eine höhere Macht.

Was ist nur aus meinen Träumen geworden? Sind sie auch auf einem weißen Schwan von dannen gezogen?

Nachwort

„Der Schatten der Vergangenheit reicht weit und die Gegenwart gelingt nur, wenn der Vergangenheit erinnert wird."
Bernhard Schlink

Etwas lastet schwer auf unserer Familie. Es ist das Unausgesprochene, das verdrängte Trauma des Krieges. Irgendwann war es mir ein Bedürfnis, es zu ergründen.

Das Foto meiner Oma als sechzehnjähriges Mädchen inspirierte mich schließlich, ihre Geschichte aufzuschreiben.
So hoffnungsvoll blickte sie darauf in die Zukunft und wusste doch nicht, welches Schicksal sie erwartet.

Vielleicht war es eine bereits beginnende Demenz, weshalb sich meine Mutter im Alter von 85 Jahren plötzlich an Geschichten erinnerte, die weit zurücklagen. Die vielen Geschichten und Anekdoten fügte ich wie einzelne Puzzle-Teile schließlich zu einer Biografie zusammen, für die zusätzlich eine weitreichende Recherche-Arbeit nötig war.

Die Wohnungen im Ludwigsburg und Schwäbisch Hall waren von ihr so gut beschrieben, dass ich sie in unverändertem Zustand wiederfand und an das Ötlinger Haus kann ich mich noch aus Besuchen in meiner Kindheit erinnern.

Schwieriger wurde es, die Straßen in Dresden, wie sie von meiner Mutter beschrieben wurden zu finden. Das ganze Stadtbild hat sich nach der Zerstörung Dresdens verändert und viele Straßen existierten nicht mehr. Im dortigen Archiv durfte ich freundlicherweise alte Karten einsehen, mit deren Hilfe ich die Schilderungen nachvollziehen konnte.

Gleichzeitig musste selbstverständlich der historische Hintergrund mit den Erinnerungen übereinstimmen.

Es ist bekannt, dass in der Kriegsgeneration vieles über die Jahre verdrängt und vergessen wurde, weshalb anzunehmen ist, dass manches mit ins Grab genommen wird, ohne dass es je eine Erwähnung findet. Von Fritz, der großen Liebe meiner Oma weiß ich nur, dass meine Mutter Liebesbriefe fand, die sie sofort weggeworfen hat. Es durfte kein Makel auf ihr Andenken fallen.

Bald wird es keine Zeitzeugen mehr geben, deshalb müssen wir ihnen zuhören, solange wir die Möglichkeit haben, damit sich das, was in dieser schrecklichen Zeit geschah, nie mehr wiederholt.

Bedanken möchte ich mich bei meiner Lektorin Astrid Rösel,
die meinem Text den richtigen Schliff gegeben hat
und meiner Freundin Gosia,
die sich durch die Rohfassung gekämpft hat
und mir trotzdem Mut machte.
Außerdem bei meiner Familie
und all den lieben Menschen,
die an mein Projekt glaubten.

Ganz besonderer Dank gilt meiner Mutter.
Im Alter von 85 Jahren
waren glückliche und schicksalhafte Momente
in ihrer Erinnerung wieder so präsent,
dass manche Ereignisse bildhaft vor mir auftauchten.
Die Einwilligung zur Veröffentlichung erteilte sie mir
mit den Worten: „Das interessiert doch niemanden ..."

Impressum

@2020 Bianca Schlosser

Autor: Bianca Schlosser
Umschlaggestaltung: tredition – Verlag, Foto privat
Lektorat: Astrid Rösel

Verlag & Druck: tredition GmbH, Halenreie 40-44, 22359 Hamburg
ISBN: 978-3-347-16835-0
      978-3-347-16836-7
      978-3-347-16837-4

Bibliografische Informationen der Deutschen Nationalbibliothek:
Die Deutsche Nationalbibliothek verzeichnet diese Publikation in der Deutschen Nationalbibliografie; detaillierte bibliografische Daten sind im Internet über http://dnb.d-nb.de abrufbar.

Zeitfracht Medien GmbH
Ferdinand-Jühlke-Straße 7
99095 Erfurt, Deutschland
produktsicherheit@kolibri360.de